理想再见

李晶晶

著

百花洲文艺出版社
BAIHUAZHOU LITERATURE AND ART PRESS

图书在版编目（CIP）数据

再见理想 / 李晶晶著. -- 南昌 : 百花洲文艺出版
社, 2021.9

ISBN 978-7-5500-4310-7

Ⅰ. ①再… Ⅱ. ①李… Ⅲ. ①长篇小说 – 中国 – 当代
Ⅳ. ①I247.5

中国版本图书馆 CIP 数据核字(2021)第 136306 号

再见理想

李晶晶　著

出 版 人	章华荣
责任编辑	蔡央扬　郝玮刚
封面设计	书香力扬
书籍装帧	兰　芬
制　　作	书香力扬
出版发行	百花洲文艺出版社
社　　址	南昌市红谷滩区世贸路 898 号博能中心 A 座 20 楼
邮　　编	330038
经　　销	全国新华书店
印　　刷	成都兴怡包装装潢有限公司
开　　本	880mm×1230mm　1/32　　　印张　7
版　　次	2021 年 9 月第 1 版第 1 次印刷
字　　数	135 千字
书　　号	ISBN 978-7-5500-4310-7
定　　价	40.00 元

赣版权登字　　05-2021-233

网址　http://www.bhzwy.com

图书若有印装错误，影响阅读，可向承印厂联系调换。

前　言

在我们生活的这座城市里，
每个人都按照自己的生活轨迹进行着，
或成功，或失败，或平凡，或璀璨。

我们每个人都渴望着成功，可是面对成功的心态却不
尽相同。

有醉生梦死者、有追名逐利者、有挥霍无度者、有乐
善好施者、亦有援国爱家者。

所谓世间万象，便是你现在活成的样子。

然而终究又有多少人能活成当初自己想要的样子呢？

这是一段关乎理想的故事，也是一段对我来说有着重
要意义的记忆。在此之前的时间里，我构思过许多的故事
与人物形象，却一直都在渴望一个能够触动到我内心的灵
感。终于，在一年前，它被找到了！于是我迫不及待地写
下了这段故事，分享给大家。

　　故事的女主人公因为社会压力而患有抑郁症，准备跳楼结束生命的她，却意外被卷入到了一段尘封已久的神秘往事之中。

　　二十年前，摇滚天团 Sky（天空）在经历了追逐理想过程中的浮浮沉沉后，凭借一张专辑一举成名被大家所熟知，其后他们所创作的每一首音乐都会被乐坛奉为经典之作，收获无数粉丝的他们，成为当之无愧的全民偶像。可就在他们炙手可热之时，乐队主唱白文泽骤然陨落，年仅27岁。当时的报道称他的死是出于意外，但因事情发生得太过突然，许多无法接受的粉丝声称这是一个人为操控的巨大阴谋。与此同时，另一宗神秘的失踪案也发生在了 Sky 成员的一名好友身上，没有人知道失踪案的当事人是谁，也没有人肯报道出当年究竟发生了什么样的事情。只有乐队中的一位成员，独自一人执着地寻找这位朋友，用尽二十年光阴。

　　二十年后乐队面临解散危机，而当年的事情却鲜为人知。满怀理想的音乐天才为何突然离世？是谁在同一时间神秘失踪？一段明明十分励志的光辉岁月，为何如此潦草收场？伴随着女主人公的介入，发生在 Sky 成员身上的往事逐渐被曝光，不断反转的情节把故事一步一步推向高潮。

　　章节按照每个人物现实与理想之间的状态层层递进，没有华丽辞藻的堆砌、没有枯燥乏味的心灵鸡汤。希望这段打动到我的故事，同样也能打动到正在阅读此书的你，引发你内心深处那份关于理想的迷思。

——谨以此献给你我那些有理想的青葱岁月

目录

第一章

入　睡

我们到底身处在一个怎样的世界里？

第一节

——被抛弃的荒岛

都市，
凌晨一点钟。

酒吧里，
觥筹交错，
灯红酒绿，
迎来又送走一批又一批都市里的"食肉男女"。
灯光、
酒精、
跑车，
掩盖不住的荷尔蒙气息让人在此刻意乱情迷。

办公室里，
漆黑一片，
一台孤零零的电脑还在发着微弱的光。
伸手揉了揉惺忪的睡眼，

手指又继续飞舞在键盘之上，
职场中的他和她，
正捧着泡面做着明天一早就要上交的报表。

在这座城市里，
有人因为空虚而肆意妄为挥霍着青春，
有人却为了生计而奔波劳累不辞辛苦。

城市的夜晚，
是一座被人们抛弃的荒岛。

丈夫出轨打碎玻璃的声音从隔壁邻居家传来，
垃圾桶旁胆汁都快吐出来的男人晃晃荡荡继续奔赴下
　一场饭局。
金钱、谎言、背叛和欲望，充斥着整个空间。
白天光鲜亮丽的这座城，在夜晚瞬间变得满目疮痍、
　狼狈不堪。

而凌晨一点钟的你，
在哪里？
在做着什么？

此时的我，
正一个人站在天台上，

一只手拿着药瓶，另外一只拿着酒瓶，

双眼迷离、神志模糊、绝望而麻木地望着远处鳞次栉
比的高楼灯光发着呆。

雨滴，噼里啪啦地从脸上滑落到我胸前的那颗羽毛吊
坠上；

闪电，一道道划过天际使得这颗吊坠变得更加璀璨夺
目了。

我叫程百洛，是一名穿梭于各种聚光下的"作家"。我
的主要工作是操控网络的舆论走向，例如为某一明星写洗
白文，或是给某一富商身上泼脏水，总之就是通过网络来
获取利益。

我的名字取自伯劳鸟的谐音，那是一种体型虽小，但嘴尖
似鹰、趾有利钩、嗜好食肉且生性凶猛的鸟类。诚如对名字的
解释一样，我也是这样性格的一个女人。我之所以能够在"作
家圈"占据一席之地，是因为我拥有着狠辣的操控手段。但凡
被我报道过有污点的人，他们会在很长的一段时间里，受到来
自周围人的鄙视和来自网络的谩骂。一些不堪重压的人，甚至
会选择极端的方式来告别这一切。所以不少人会出高价来让我
搞垮与之对立的平台与人。

对于我来说，只要有利可图，我就可以写一些颠倒是
非、不顾事件真相的文字。因为这个世界上每个人都自顾

不暇，实在没有多余时间去考虑别人的感受，任何一个人的名誉好坏，在我的眼里只不过是阅读量后面的数字而已，我也因此连续两届被评选为"社会十大危险人物"之一。

　　但是谁能想到，一个如此善于操控他人命运的人，有一天也会像现在这样，被迫为自己27岁的生命画上句点。是的我失败了，败给了一个比我更为狡诈的黑手。这一切，都要从三年前开始说起……

第二节

——程百洛

时间回到三年前，那天，又是一个因为文章阅读量低，而被主编叫去臭骂的一天。

联亿传媒的办公室里，坐在椅子上的主编拿起一沓厚厚的文稿，扔向了站在对面被骂得狗血淋头的我："程鸥，你看你写的是什么东西！连续三个月网络点击量最低，热门话题一个没有，公司花这么多钱养你在这里混吃混喝吗?!"

其实我的本名不叫什么程百洛，而是叫作程鸥。

我妈说白鸥、海鸥、沙鸥，都是性格温和且自由的小鸟，她希望我以后也可以像它们一样，生活得自由快乐、充满温暖与阳光。可惜残酷的职场生涯，让我没有办法获得理想中的自由与快乐。弱肉强食的生存法则也逼着我渐渐远离温和，被迫竖起自己的锋芒。

站在我旁边的一个叫作 Rita（丽塔）的女人，此时正在搔首弄姿地捡起地上的报表，递给正在发火的主编："好啦主编，别气啦。起码咱们新上架的小说《俏媳妇手撕恶婆婆》，点击量已经蝉联两个月的第一名了哦！"

主编又翻看了一眼报表说："你看人家 Rita 写的小说，无论是选材内容，还是网络话题的制造，都踩在大众兴趣点上，一直保持在热搜前几名。"

我小声辩解道："可是主编，像这样的小说，内容一直在拉低大众的品位，根本没有灵魂和情怀，甚至……连'三观'都是错的……"

主编："呵！情怀，又在跟我扯什么情怀了！来！来来来！来看看和你同期签约的其他写手现在都成了什么样子。Johnny（约翰尼），在二环买了套别墅！Linda（琳达），每天开着六百万的车上下班！Rita，人家刚刚获得年度最佳编剧奖！而你呢？"

主编伸出手，从头到脚地对我指指点点："住在五环外的破旧地下室里！每天挤着满是人肉味的地铁上下班！身上穿的衣服全部都是假货！这就是拜你那悲天悯人、普度众生的情怀所赐的结果。不要和我说什么拉低品位之类的话，你以为大众的品位就那么高吗？你以为大家都和你一样清高吗？现在这个社会，生活压力那么大，每个人都浮躁，哪有人有时间去和你谈什么诗和远方！大家并不想看别人过得比自己好，每个人都想看别人的笑话。像什么老板被秘书勾引导致破产，什么丈夫出轨、小三上位导致家庭破裂官司累累，等等。只有当别人过得不好的时候，大家才有机会装作一副高高在上的样子，去同情和施舍那些比自己过得更不好的人，以彰显他们自己的人生有多么伟大，活得多么有价值！

"这些，才是能够吸引大众点击的内容。而你写的那些呢，老给我扯什么情怀、什么理想、什么心怀天下，你以为自己是生活在古代的侠士吗？拜托请认清楚一下现实，那些只不过是你自己那可怜又可悲的理想主义罢了！"

主编的嘴像机关枪一样，一停不停地说完这一大串话，不容我插一句话。

说完后，她看了看面前这个被训得哑口无言，眼睛里隐约泛着几颗天真泪水的姑娘，叹了口气说："算了，别说主编我不给你机会。这不最近余桐刚刚去世吗？你去写篇关于他死于 SM（性虐待）传闻的文章。"

Rita 见风使舵无比谄媚地接话说："咦？主编英明呀，这内容一出，必定会立刻引发网上热烈讨论，到时候热搜第一名的位置就又是我们的了。"此刻她的嘴脸，放在古代简直是分分钟要被皇后凌迟的。

我默默地说："嗯……可是主编……这种事情，如果没有实质的证据……实在不好写吧？毕竟，死者为大……"

主编还没等我讲完，深深地翻了一个大白眼，然后狠狠地拍了一下桌子，想火山爆发可又努力压了压心中的怒火，用压得很低很低的语气说："那么，我请问你，你有他不是死于这个的证据吗?!"

主编看着对面一语不发的我，一只手压着桌子，一只手掐着腰低头叹了口气说："好了好了，又要给我扯什么可怜的情怀了。我今天实在是不想跟你多说一句废话了。现在，给你两个选项，要么出去写报道，要么立刻收拾东西抱着你那可怜的情怀给我滚蛋！以后别再出现在公司里!"

我的心像被从天而降的陨石重重地砸穿了一个窟窿，明明想说些什么，却又硬生生地咽了回去。最后只好揣着心中万般委屈，默默地转身离开。而办公室里，依旧可以听到 Rita 火上浇油地小声嚼着舌头："你也知道她啦，一向理想主义，好啦主编，和她生气不值得，再说了，她的合约不是快要到期了吗……"

那天，我加班到了很晚。
办公室的同事走光了，灯也关了。

只剩下我一个人面无表情、双手机械式地敲打着键盘。

在走出主编办公室后的五个小时里，我一直在敲打着同一行文字：

"著名歌手余桐昨日被发现死于家中，据知情人士透露，死因很可能是由于 SM 过度……"

我反反复复地敲下，
又犹犹豫豫地删掉，
再敲下，
再删掉。
就这样来来回回了五个小时。

又是这样孤独且迷茫的深夜，一样的犹豫，一样的不知所措。我不知道自己为什么非要写下这些捕风捉影，让生者叹息，令死者愤恨的文字。也更加不知道自己一直以来对于文字的坚持是否是错误的。不然为什么我的这些坚持，反而让我成为人群中的异类？

我关上了稿件，打开了电脑里经常播放的影片，Sky 的演唱会上，白文泽正在面带笑容地高唱着理想。看着荧幕上充满自信的他，我又问出了那个问题："文泽哥，如果是你的话，你，会怎么做？"

就在这个时候，我在桌子的书架上，发现了 Rita 送来的结婚请柬。慢慢地打开，上面的那个男人让我想起了一幕幕过往。Rita 旁边笑得正开心的这个男人，也是那个和我谈了七年恋爱的人。我陪他度过了七年最迷茫的青葱岁月，他却在事业刚刚起步之后，转身投入了另一个女人的怀抱。

此刻主编的话又回响在耳边："你看人家 Rita 写的小说，一直保持在热搜榜的前几名！"

我积攒已久的妒忌心，再也抑制不住地冲昏了头脑，烧尽了每一根发丝："Rita、Rita、Rita?! 为什么都是 Rita?! 凭什么?! 难道你们都以为我写不出这样的文章吗?!"

我愤怒地关上了 Sky 的视频，打开了刚刚迟迟无法下笔的文章，把这三年以来在公司里受的委屈，被理想折磨的委屈，被男友劈腿的委屈，被同事视为异类的委屈，通通发泄在了这篇稿子里。

好了，发布！

于是，这篇一下子就冲到热搜榜上久居不下的稿子，便成了打开我心里潘多拉魔盒的钥匙。也是从这个时候，我告别了那只温顺的小沙鸥，正式为自己更名为程百洛，但也因此，掉入了早已设计好的圈套之中……

第三节

——二十年的谎言

　　说来也奇怪，自从改了名字之后，我的事业一下子从惨淡的低谷走向了梦寐以求的人生巅峰。迎合、捏造，真真假假、是是非非，这一切都是成功人士的游戏。后来的我知道了这样一个道理，有时事情的真相并不是最重要的，人们想看到的都是他们愿意看到的，而我的工作，就是去佐证他们的臆想。

　　白天，我开着跑车，住着豪宅，化着妖艳红唇，踩着八厘米的高跟鞋，在各种社交场合谈笑风生、应对自如。可是到了夜里，我却只能一个人面对 200 平方米的空荡房间，依赖酒精和药物的作用入睡……

　　时间回到一天前，我作为媒体人参加了摇滚天团 Sky 召开的告别乐坛发布会。

　　主唱萧白羽异常平静地对大家说："这些年，虽然我们一直努力不受干扰地做着忠于初心的音乐，但如今的音乐形势，与我们的理想越来越背道而驰了，所以我们可能没有办法继续唱下去了，我们真的已经尽力了。很感谢一路以来一直支持我们的粉丝，对不起，从现在起，Sky乐队正式退出乐坛……"他胸前佩戴的那条银色羽毛项链，在无数台闪光灯的作用下，显得格外刺眼。

Sky是一支我非常欣赏的乐队，他们不理世俗喜好，只做心里觉得好的音乐，从不谄媚迎合，一直高唱着理想。他们的歌唱尽了这个世界的丑陋百态，也批判了各个圈层的光怪陆离。尽管成名之路遇到过很多的诱惑、谄媚、威胁、诽谤和黑幕，但他们从不辩解也从不动摇。就像一朵永远洁白的莲花，是我无比羡慕却又无法做到的样子。

只是照目前看来，这朵白莲花终究也还是要被现实摧残了。

台下的我提问了一句："那白羽哥，你要找的那位朋友，也不找了吗？"

这些年来，大家都知道萧白羽一直在找一位掌心有疤的神秘朋友，但没有人知道他要找的人是谁，也没人知道他和这个人究竟是什么关系。甚至连萧白羽自己都已描述不清这位朋友的长相了，唯一的线索就是这位朋友的掌心有一道疤。

二十年前，Sky 前主唱白文泽突然意外身亡，他的这位朋友也在同一时间神秘失踪了。从那时开始，原本活泼开朗的萧白羽，就变成现在这个没有一丝表情的木瓜脸了。不苟言笑也不会哭泣，永远都是这副不悲不喜、不痛不痒的木瓜脸。萧白羽在这二十年里，一直坚持在舞台上唱歌，一方面是为了延续白文泽的音乐梦想，另一方面也是为了寻找这位神秘的朋友。据网络传闻，他胸前佩戴的那条羽毛项链，就是和这位朋友之间的信物。

萧白羽听到我的提问后，缓缓地摸了摸胸前的吊坠，低头叹气道："她说，二十年，最多二十年，她就一定会回来找我。我遵守这个约定找了她二十年，等了她二十年。眼看最后期限就要到了，可她自始至终，一次都没有回来过……或许真的像你们讲的那样吧，二十年之约，从一开始就是一个为了离开编造的谎言。而我就这样心甘情愿地被骗了二十年，呵，你们是不是也觉得，有一点可笑……"

此刻那种奇怪的感觉又来了！我感觉到了这个房间的某处，有一双眼睛正在目睹着这一切。可是仔细打量了四周，没有发现任何可疑地方。难道，又是错觉？

萧白羽说着便把那条戴了二十年的项链摘了下来，然后死死地握在了手里，眼神里充满着让人心惊的情绪。

　　这么多年来白文泽的歌曲和萧白羽的坚持，让我相信无论世事如何变迁，信仰始终拥有着崇高的力量，情感也始终有着最单纯的一面。即使我自己扛不住了，被现实打败了，理想这条路上也还是有他们。不过现在，他们也向命运低了头吗？

　　"真的不再……坚持一下了吗……"我低下头对自己小声地说出了这句话，流下了这三年以来的第一颗眼泪。

　　时间回到五个小时前，回家后我在包里发现了萧白羽的那条羽毛项链，难过的情绪一下子被勾了起来。这些日子我经常会感觉到有一双眼睛在一直盯着我，压得我快喘不过气。于是，我去找了邢医生。

第四节

——重见天日

一年前的某一天，我突然感觉到自己被一双藏在暗处的眼睛盯上了，好像我每天所做的一切都在这双眼睛的监控之下。它不仅白天的时候会一直跟着我，晚上还会不断出现在我的梦里。它总是会从很远的地方出现，然后慢慢逼近，直到整个贴在我的身上。这种强大的压迫感使得我的神经变得敏感而又紧绷，医院诊断我为抑郁症。

"我又感觉到它了。"我坐在邢天的对面，诉说着这次的情形。

邢天慢吞吞地说："是吗？那这次，你感觉它对你说了什么？"，说完随手播放了一首我没有听过的音乐。轻柔的曲调，让我原本慌张的心放松许多。

邢天是我的心理医生，一个四十多岁的男人。他是国内顶尖的心理医生，专业程度很高，治愈病人的效果惊人，很多国内外的大医院都开出了丰厚的条件想要挖他过去，但都被他拒绝了。因为他说众生都是平等的，如果去了那些医院，就只能给有钱人治病了。所以这么多年来，他就开着一间小的诊所，收着最基本的费用，接诊的病人也是什么阶层都有。

他的右手时常会不自主地抽搐，脸上被打了很多的玻尿酸，据说是因为年轻的时候酒驾出了车祸。不过即使是这样一张被岁月摧残过的脸，也还是难以掩盖他眉宇之间流露出的英气。他不太爱讲话，也似乎没什么朋友，是一个有点神秘的人。他有一个癖好，就是喜欢把烟丝放进盆栽的泥土里，因为他说经历过烟草毒害的盆栽，会比一般情况下生存时间更久，适当的毒性会使它们的生命力更加顽强。

邢天总能带给我一种莫名的安全感，无论我在外面被人们骂成什么样子，他都不会像对待异类一样看我，也不会多问什么。所以每次在他这里，我都可以卸下世俗的面具，彻底放松地睡上一觉。

"你看。"我把不知道为什么会出现在包里的羽毛项链拿了出来。

邢天看了看我，似乎对于羽毛项链的出现并不感到意外，他一向对任何事情都不感兴趣。

我很难过，也很生气地说："你说，一个人曾经视若珍宝的东西，为什么到后来可以变得一文不值？为什么可以允许它被随处丢弃，落到一个陌生人的手里？是不是时间，可以让一切东西都变了质？"

邢天听完，缓缓地说："或许吧，或许时间，对每个人，都怀着恶意。人，有时候，斗不过天。"

这是我第一次在他的嘴里听到这样的感叹，在成为程百洛之后，邢天算是我唯一的朋友了。可当他发出这句感慨的时候，我突然发现自己对他的过往好像一无所知。

我闭上眼睛，又一次在邢天的催眠下睡着了。只不过这一次的梦，有一点点不一样。我感觉到，那双眼睛离我越来越近，悲伤中带着一些绝望，我感觉到，眼睛里慢慢涨红的血丝，突然化作泪水溢了出来，"咚"，滴落到我的脸上，红红的，带着血腥味。它，是"自杀"了吗？我惊醒过来。

邢天从胸前口袋里摘下钢笔，给我开了新的药："这副新药，按照剂量服下，它或许就会从你的世界消失了。"

我："好，谢谢你邢医生。"

我走出诊所后，邢天也离开了，他捧着一束山茶花，来到了白文泽的墓地。他慢慢地把花放在了墓碑前面，然后说了一句意味深长的话：

"老伙计，那段过往，很快，就会重见阳光了。"

时间回到了现在，我在服下了药后，迷迷糊糊摇摇晃晃地站上了天台。

我望了望下面，看到了无数只无头苍蝇。

"嗡嗡嗡嗡"，这些无头苍蝇，每天横冲直撞地往前飞着，顾不上弄清楚目的地在哪儿，也顾不上是否会撞到其他的同伴。好像在他们的世界里，就只知道不停歇地飞啊飞、飞啊飞，真是讨厌极了。

我闭上了眼睛，身体的重心慢慢往前倾："文泽哥，多年前你的'抗争'失败了，生命结束在了27岁。现如今，刚好27岁的我，也要随你而去了。我们在那个世界见吧。或许那里，充满了花香。"

我纵身一跃，露出了一个无比轻松的笑容，因为我终于要成为妈妈口中那只能自由翱翔的沙鸥了。

风霜，正越来越凶猛地在我身体上肆虐，我的脸被气压压得变了形，只有那条项链依然风雨不改地在胸前璀璨着。

突然，一声巨响，"嘭!"的一下，世界"关了灯"，我昏了过去。

　　然而二十年前那个被埋藏起来的秘密，就在我这纵身一跃中，终于重见天日……

萌　芽

很多时候，简单，约等于快乐。

第一节

——小白毛衣

"啊！好痛啊！

"啊！为什么头像炸开一样痛！！"

我紧皱眉间，双手用力敲打着头。

雪花一片片飘落到胸前的那根小羽毛上面，慢慢地，融化掉。

此刻的我，正背靠着路旁的电线杆，一个人坐在雪白的地上。

我睁了睁视线还有些模糊的眼睛，慢慢地朝四周环视了一下。

雪白的屋顶、雪白的枝丫、雪白的草地，还有我身上，一片片雪白的花瓣。

"这里，难道就是天堂吗？"

残存的记忆让我想起上一秒钟坠楼的场景。

雪花，飘落到我的脸上，清清凉凉的。

旁边时不时路过三五成群、说说笑笑、穿着二十世纪七八十年代老式棉服的少男少女。

我用手捂着头，缓慢地起了身，双脚像踩在棉花上，东倒西歪地向前走着。

突然一辆车从我身边疾驰而过，带动的气流让我不小心把自己绊倒在了地上。

"啊！"

紧接着脑袋"嗡"的一声，我瞬间什么都听不到了，头又开始了剧痛。

此时一个温柔轻快的声线，划开一整片的寂静，慢慢飘进我的耳朵里，来回打转：

"没事吧？"

一只修长又纤细的手，伸到了我的面前。

我使劲睁开眼睛，顺着指尖的方向往上看去，樱桃般红润的双唇、秀气灵动的鼻梁、乌黑浓密的睫毛、干净清爽的寸头，以及一张吹弹可破满满胶原蛋白的脸蛋。

一个清秀天使的模样，若隐若现地出现在我眼前。

"没事吧？我扶你起来吧！"

说完，他的四周被打满马赛克，整个世界也就只留下了一个干净的笑容和一双闪过琉璃光芒的眼睛。

慢慢地，我被他扶了起来。

刺骨的风穿透了我单薄的睡衣，突然袭来的寒意让我不禁双手紧抱，打了个冷颤。

天使不由分说地脱下了他的外套披到我身上：
"给！"

他露出了一件雪白雪白的毛衣，这画面竟然让曾经撞死在我心里的那头小鹿，嗅到了一丝活性。

此时从远处跑来一个背着吉他的红衣少年：
"白羽，快！快点走啦！马上开始了！"

我扭头一看，
是一张看了十几年，熟悉却又有点陌生的脸。
这……
这不……
这不就是……
"白……文……泽？？？"

小白毛衣："咦？你认识小叔哦！"

我："小叔？"

小白毛衣："对呀，他是白文泽，我叫萧白羽，我们是一个乐队的，很高兴认识你。"

红衣少年漫不经心地冲我点了下头："真的来不及了！快点走啦！快点白羽！"红衣少年边说边拉着小白毛衣的胳膊准备往前跑。

小白毛衣："那个，今晚七点，梦圆酒吧有我们的演出，记得来看呀。"说完，他塞了一张宣传单在我手里，然后飞快地跑远了。

看着他们匆匆远去的背影，我有点精神恍惚地看了看四周，原来，天堂就长这个样子。

"天堂？等一下。这里既然是天堂，那为什么我会遇到萧白羽？难道说他也已经？？？"

想着想着，一片从天而降的雪花落在了我拿单子的手上，冰冰的，化掉了。

这凉意从手心直接沁入了心脾……

"好像哪里有一点不太对劲？"

我带着疑问来到了不远处的报刊亭，翻看着所有的报纸和杂志。

1999 年这组数字，反复不停地出现在每一张报纸上。黑白墨水的触感让我一下子回到上个世纪。

"1999 年？"

我："老板，请问一下，这是天堂吗？"

正举着报纸仔细阅读的老板，缓缓地将报纸往下拉了一点，眼睛越过镜框瞟了我一下，又迅速看回报纸，一句话没讲。

我继续问道："这里的报纸为什么都是同一个年份？其他年份的报纸有卖吗？"

这次老板眼都没抬一下，不耐烦地答了一声："要看旧报纸去隔壁，我这儿没得卖！"

雪花飘飘洒洒落在我的脸上，冰冰凉凉的。

我举起自己的右手狠狠地咬了一口下去："啊！"深深的牙印瞬间红透了我的手背。

疼痛"嗡"的一下刺穿了身体，脑里疾速闪过四千六百七十二个画面和三千四百二十九个声音：

"人死后，不应该是没有知觉了吗？为什么咬自己还会感觉到痛？

"刚刚那个人是白文泽吗？

"还有那个小白毛衣，他是天使还是萧白羽？

"这里是天堂？

"还是搞怪的整蛊节目？

"我该不会是回到了，1999 年？"

第二节

——1999 年小巷

接下来的半个多小时，我一个人站在街边。观察着来来往往的人群，又低头看看手中拿的单页。

那个干净明朗的声线出现在了耳边："今晚七点，梦圆酒吧有我们的演出，记得来看呀。"

"1999 年?"

我摸了摸颈间的项链，冷笑了一声："有趣!"

顺着单页上的地址我找了过去。

一个装修简陋的小酒吧里，盘旋着一个又一个充满青春力量的音符。

台下，

坐着零零散散的人，

有的低头喝酒，有的和旁边人小声打趣。

台上，
是四个活力满满的少年，弹奏着属于青春的序曲。

略显臃肿的阔腿喇叭裤，
邋遢到膝盖的长筒 polo 衫（网球衫），
以及满满一身的重金属首饰。
虽然从上到下都冒着八九十年代的土气，
却丝毫掩盖不住巨星的光芒从眼前这四个少年身上散
　　发出来。

熟悉的旋律，迎面而来。过往的故事，充斥脑海。现
在的这首《初心》，是他们在低迷期依旧坚守着理想的开
始，也是后来歌迷心中，听一次哭一次的歌。

或许是第一次现场听他们演绎这首歌情绪过于激动，
也或许是回想起了自己一步一步背弃理想时的辛酸。一时
之间，所有讲不清的情绪化作泪水一颗一颗流了下来。

演出结束了，
灯光，转暗。
乐队，谢幕。

而我还沉浸在刚刚的情绪中没缓过神来。

"你真的来了哦，给！"

那个温柔到可以酥化一颗顽石的声音再次出现，边说边递过一张纸巾："你怎么哭了呀？是不是想起什么难过的事情了？"

难过的事情？那可太多了。

多到好像自从大学毕业后，我的整个人生就充满了难过。

被男友抛弃，被理想抛弃，被现实、被我自己抛弃，就连我一直的信仰——眼前的你们，最后都把我抛弃了，所以你说我到底想起了什么难过的事情？

我快速擦去了眼角的泪水，用带刺的羽翼包裹住真实的自己："没事！我只是被你们的音乐打动了。"成年人的世界总是充满了一堆难过的破烂事情，可他们说得最多的却是没事。

小白毛衣："哇，真的吗？嘿嘿，你好像听懂我们的音乐了耶！谢谢你能喜欢我们的音乐！"他露出了单纯而满足的笑容。弯弯的眼睛、洁白的牙齿，像一阵春风拂面而过，拂走了刚刚所有坏掉的情绪。

此时一个少年从旁边走了过来，一只手拍了拍小白毛衣的肩膀，然后冲着我微笑：

"白羽，这个姑娘是你朋友吗？她的眼睛可真好看呢！"

小白毛衣："对呀，她……"

没等他说完，少年绅士地伸出了右手，抢先一步说："你好，我叫白世琨，是乐队的鼓手，欢迎来看我们演出，很开心认识你哦！"

眼前这个棱角分明、五官立体、眼窝深邃、有一些中欧混血气质的英俊少年，是二十年前的白世琨。

我礼貌但有点疏远地回答了一句："你好。"

白世琨问："我可以知道你的名字吗？"

小白毛衣随声说道："是呀，我也还不知道你的名字呢！"

"我叫程——"

我突然停顿了一下，然后说：

"程鸥，我妈妈希望我可以成为一只自由快乐的沙鸥，所以叫我程鸥。"

面对眼前的这两个少年，我突然就叫不出程百洛那个张牙舞爪的名字了。

白世琨突然问："那小鸥，你的父亲，是不是一个小偷啊?"

我不解:"小偷?"

白世琨:"对啊,不然,他怎么偷到了天上最亮的星星来做你的眼睛呢!我猜你笑起来的时候,眼睛一定很好看呢!"

我没忍住笑了一下,气氛一下子从刚刚的沉闷变得轻松许多,没想到二十年前也流行这种土味情话。

"好了没?!走啦!"一个背着吉他,戴着鼻钉,长刘海遮住一只眼睛的少年,双手插兜走过来催促大家赶紧离开。

这个应该就是叶鹏了吧。

"你——""好"字还没说出口,我就被叶鹏冷冷地瞥了一眼,他扭头对其他人讲:"快,走了!"转身留下一个酷酷的背影。果然是那个话不多说一个字,人不多看一眼的叛逆少年叶鹏。

一回头我看到了正在认真收拾吉他线的红衣少年——白文泽。

突然整个世界又安静了下来,我放慢脚步走向他。

白文泽是 Sky 乐队的主唱兼灵魂人物,乐队几乎所有的歌曲都出于这位音乐天才之手。只是在乐队最辉煌的时候,他们突然决定转去意大利发展。然而事情的发生总是那么猝不及防,或许是天妒英才,在意大利,一次乐队赶去演出的路上，白文泽意外车祸去世了，那时的他年仅27岁。

他的突然离世成为很多人心中的耿耿于怀。

"文……文泽哥你好我叫程……"
我换了一大口气：
"我叫程鸥……"
我此刻竟然如此紧张，心跳声快把耳膜震爆了。

白文泽抬头看到我，慢吞吞地说："咦？你不就是刚刚我们路上遇到的那个女孩子吗？"

对视的一瞬间，我看到了他的眼睛，听到了他的声音，感受到了他真真切切存在的气息。真的是那个在我无数次难过、失意、歇斯底里的时候，用音乐解救我的白文泽。也是那个在程百洛的噩梦中支撑着我一路走来的白文泽。

自从来了这里，我就变成了一只爱哭鬼。一颗泪水滴落到了那把红色吉他上面。

白文泽递给我一包纸巾："哭了吗？"
然后他一边继续整理吉他线，一边慢吞吞地说："哭吧，遇到难过的事情，哭出来就好了。哭过后又可以继续去奋斗了。就像每天都会落下的太阳，每天早上又会活力满满地升起一样。"

　　道理听过无数次，同样的鸡汤也被灌过无数碗，唯有此刻，身体仿佛被注入了能量。我张了张嘴，想说什么又咽了回去，一向牙尖齿利的我仿佛失去了语言这项功能，只能默不作声地看着他。

　　萧白羽凑了过来："你怎么又在难过呀？给你，据说心情不好的时候，吃糖可以让心情变好哟。我们要回去啦，谢谢你来看我们的演出，小鸥。"他微笑着露出烤瓷牙一样洁白的牙齿，这个笑容，比递给我的那颗大白兔奶糖还要甜。

　　热闹，散场。
　　大家也都离开了。
　　又到了夜晚，又留了我自己一个人，披着萧白羽的外套独自在陌生的街头徘徊。

　　九十年代的街头，来往车辆很少，人们基本都是靠步行或者骑自行车。
　　这里没有匆忙赶路的行人，每个人都悠闲自得；没有灯红酒绿的繁华，每盏路灯都透露着温馨；更没有各自玩手机的尴尬，大家都趁着聚会和朋友说说笑笑。

　　很多时候，简单，约等于幸福。

　　这里到处都充满了陌生，本以为自己会抑郁症发作，可是没想到我到现在还没产生任何的排斥情绪，就连平时一直盯着我的那双眼睛，目光也变得温和了许多。所以即便这个夜里，我根本不知要去到哪里，也依旧有一种阔别已久的心安。

　　"你也在这里呀！"
　　突然有人拍了我肩膀一下，吓得我一激灵。

第三节

——一道帘子

"你也在这里呀！"

突然有人拍了我肩膀一下，吓得我一激灵。

是萧白羽，和众多地下乐队一样，Sky 晚上也会来天桥底下卖唱。

萧白羽开心地说："这是我们今天第三次见面了耶！"

即使是漆黑的夜晚，也完全遮盖不住他灿烂的笑容。在他的带动下我笑了一下，萧白羽便笑得更加开心了，笑容甜进了过路人的每一个细胞。

他上下打量了一阵还穿着单薄睡衣的我，好奇地问道："你一个人在这里吗？为什么这么晚了还不回家啊？会不会冷？"

我突然想起还没有还给他外套："哦，对了，给！"

萧白羽连忙制止了我，把外套重新披回到我身上："我不是这个意思啦，你误会了。我只是想问你怎么还没回家。一个女孩子这么晚还在外面很危险的。"

回家？是哦，我等会儿要回哪里？

突然意识到什么的我，一把拉住他的胳膊："对了，我有点事情想和你讲！"

他低头看了一眼拉住自己胳膊的手，脸突然就红了一下，像只慌乱的小白兔。

我把萧白羽单独拉到了一旁，大脑急速运转，赌上我"作家"的全部声誉，迅速编写了一百零八条匪夷所思的故事，然后又迅速从中挑出了一个相对来说不那么离谱的："白天上菜的时候我不小心打翻了盘子，被店里顾客投诉了，老板不但把我开除还赶我出宿舍。然后，屋漏偏逢连夜雨，我刚出门就碰上了劫匪，我所有的东西都被抢走了。你看，现在的我，除了被赶出来时穿的这套睡衣，其他的已经一无所有了。"我指了指自己单薄的睡衣，和被命运洗劫一空的自己。

萧白羽："那你的家人呢？他们住在哪里？我打车送你过去吧。"

紧皱的眉头告诉我，他已经相信了故事的开始，我继续说："我从小就在福利院长大，所以我也不知道自己的家人是谁……"

这段最像假话的假话，全被萧白羽听了进去，他连忙道歉："啊？对不起我是无心的，对不起。怪不得今天见你的时候，总感觉你失魂落魄的。"

他继续说："所以你现在一定感到很无助吧？"

无比真诚的眼神，让我第一次产生了说谎的负罪感。

萧白羽："你等我一下！"

然后跑去把白世琨叫了过来。

白世琨一见面便冲我散发男人的魅力："嗨，我们又见面了。"

萧白羽："世琨哥，你之前不是总担心乐器放在排练室那边晚上会被人偷吗？那如果有人住进去的话，是不是就不用再担心了？并且还可以顺便赚一些租金。这是不是一个绝顶聪明的好办法？"他有条有理地向白世琨提出了一个请求。

Sky 现在用的练习室，是白世琨叔叔家的房子，叔叔一家去了国外定居，房子便空闲出来了。不过因为位置比较偏僻，夜晚经常会有小偷过去那里偷东西，所以乐器放在里面一直都不是很安全。

白世琨问："嗯？所以说你要搬过去吗？"

萧白羽用眼神示意我："她！"

白世琨看了我一眼，尝试拒绝："虽然我很开心可以有一位这么漂亮的姑娘住进去，能让大家在排练之余赏心悦目。可她毕竟是一个女孩子耶，咱们四个男生，练习的时间又都不固定，有时候会练到很晚，所以我想她住进去应该不是很方便吧？而且练习的时候，噪音真的是特别吵哦。"他看着我的眼睛，声音突然压得很低，"你会受不了的。"

暧昧的氛围，挑逗的话语，被毫无察觉的萧白羽打乱了节奏："哎呀，没关系啦，我跟你讲哦，她很喜欢咱们的音乐的，所以她肯定会喜欢和咱们一起排练。"

我被他的单纯逗笑了。

萧白羽继续说："你想呀，排练的时候有个观众给咱们提提建议，不是挺好的嘛。而且你看她，钱都被偷光了，一个女孩子孤零零的，很可怜。反正排练室那边现在也没有人住，就暂时让她住过去，等过段时间我帮她找好其他住的地方，再让她搬走，好不好？"

萧白羽用略带撒娇的语气说着，天使一样纯净的面庞，卖起萌来，真是让人受不了。

他用眼神示意我赶紧帮衬几句，我连忙说："是啊，我平时可以帮忙打扫卫生的，而且你们排练的时候我也可以……"本来想说给他们做饭的，可是一想到要给四个男生做饭，这简直太麻烦了，便瞬间改了口，"可以给你们买下午茶。而且我一定会按时付你租金的，绝不拖欠！"

白世琨实在无奈，想了想说："好吧……谁让小鸥你这么可爱呢，可爱的女孩子总是有着让人无法拒绝的魅力！只要你不介意就可以，那我一会儿带你过去吧。"

萧白羽："不用啦，我现在就带她去！"他说完便开心地带着我跑掉了。

大胡同小胡同小胡同大胡同，兜兜转转绕了好几个弯后终于到了。

这种地方真的幸好有萧白羽陪我一起走，要是我一个人的话，肯定会被吓死吧。

他们的排练室竟然比我想象中整洁得多，甚至干净得有点不太像四个男孩子的地方。房间倒是不大，大概三十平方米，南面堆满了各种乐器，北边是一张单人床，茶几上摆满了乐谱的草稿。

萧白羽："小鸥，这里有一点小，就先委屈你在这里住一段时间，等过段时间我找到更好的地方，再帮你搬过去。"

我看看他，再看看这个不大却又充满人气的房间，说了一句："谢谢。"

他又开心地笑了，看了一下时间，此时已经是夜里十一点钟了。

"咦？已经好晚了，你赶紧休息吧，我明天来找你，然后陪你去买一些衣服。"

说完他拿起外套往外走，我下意识地拉了他一下："等下……"我咬了咬嘴唇，想说的话吞吞吐吐几次又咽了回去。

萧白羽看了看我，似乎已经明白我要说什么了："哦，我知道了，是不是换了新环境，你一个人在这里会害怕呀？也对，其实这边还是挺偏僻的，那我今晚留下来陪你吧！"

听他说完，我条件反射式地松开了手。

"我今晚留下来陪你！今晚留下来！留下来！"

他的这句话，瞬间召唤出了无数个满身肥膘、一脸油腻、心怀不轨的猥琐大叔面庞。

或许是夜太黑，这句话打开了我心里的魔盒，那只眼睛突然变得邪恶起来，我的抑郁症又发作了。过往那些乱七八糟、肮脏不堪的画面，不断地出现在我的脑海里。就连眼前这个天使一样纯净的男孩儿，也突然间变得不那么美好了。好不容易对这个世界燃起一丝希望的我，被一盆冷水迎面浇下，连带着胃里的一阵反酸。

这个时候萧白羽已经自己去忙了，他先是乖乖地给家里打了个电话说明情况，然后打开了柜子，从里面抱出来一些被子和床单，又在工具箱里找了一段铁丝和一把钳子。忙前忙后十多分钟，只见他用几层被子铺了一个地铺，然后在仅有的那张单人床和刚铺好的地铺之间，拉了一根铁丝，挂起了一张床单。就像是一道帘子，架在了地铺和床铺中间。

都忙完后，萧白羽说：

"好啦！这下你就不用再害怕了，你睡在那边，有什么事情掀开帘子我就在旁边。这几天我都在这里陪你，等你慢慢熟悉了这边的环境之后，我再回去家里睡。

"赶紧休息吧小鸥，今天能认识你真的很开心，晚安啦！"

说完，他又露出了那个充满魔力能扫清所有阴霾的笑容。

我："晚……安……"

这道横在我们中间的帘子，阻断了屋子的空间，也阻断了程鸥变回程百洛。

很快，我就睡着了。

这是这么久以来，第一次不用依靠酒精和药物，就可以入睡的一晚。

第
二
章

奋　斗

感谢这些做梦的少年，替我们做着年少时的梦。

第一节

—— 垃圾桶里的蒙娜丽莎

在萧白羽的帮助下，我有了住的地方，也有了新的工作。平日里去学校代课，教一些绘画与写作，偶尔跟 Sky 一起跑跑演出，充当他们的经纪人兼粉丝。抑郁症的事情似乎在不知不觉中被我遗忘了，再也没发作过。我也慢慢变回了程鸥，恢复了丧失已久的感知力。看到情侣，我可以感受到她和他的羞涩；车辆经过，我可以感知他和她的归家似箭；看到有人摔倒，我也会像萧白羽一样伸出手去关心一个完全不认识的人。

我的人生好像重新开始了一遍，跟着他们回到了那个喜欢做梦的年纪。

"咚咚咚！咚咚咚！"
一阵急促的敲门声打破了原本和谐的排练氛围。
"我去开！"萧白羽跑过去打开了门。

一个戴着眼镜，四五十岁的猥琐男人，站在门口指了指屋内的我们："就是他们了！"

一同前来的，还有一个穿着警察制服的男人："你们自己讲，这周我已经见过你们几次了？！总搞出这么大的动静，扰得邻居没办法休息。你们是不是想跟我进去里面待会儿啊？！"

这是本周第三次因为排练声音太大被邻居报警了。

白世琨连忙说："好的好的，我们尽量把声音控制到最小分贝，以后也尽量挑邻居都不在家的时候再排练，辛苦您又跑来一趟……"然后把警察单独拉到一旁，彬彬有礼地小声协调。

警察缓了缓语气说："最后一次机会了，再接到一次举报就罚钱！"说完转身离开了。

站在一旁的猥琐男人，一副嚣张跋扈、小人得志的嘴脸说："以后别让我再逮到你们！哼！"说完也跟着走掉了。

此时叶鹏心里的火"轰"的一下蹿了上来："你说谁呢？！给我站住！有种回来再说一次！"

如果不是白世琨眼疾手快地使劲儿拉着，恐怕叶鹏早就一溜烟冲上去，把这个猥琐男人打趴在地了。

白世琨："算了、算了，忍忍吧。"

一直在旁边沉默不语的白文泽，突然一摔手中的谱子，大声说道：

"受够了这种日子，天天被投诉，还要低声下气地去道歉，这样下去什么时候才能完成我们的理想啊！

"想要专心做自己的音乐，就不能这样一直做地下乐队，这样不会有人听到咱们的音乐的！

"所以我要带着大家去一个很大很大的练习室，那时就没有人可以再管我们了！

"我们不如，先开场自己的演唱会吧！"

跳跃性的思维让大家都有点跟不上节奏。

"演唱会？"

"你说我们？"

"可以吗？"

大家将信将疑地问。

我十分笃定，没有一丝质疑地说："当然可以啦，你们有那么多自己的作品，而且每首都很好听，一定会受到很多人喜欢的！"

萧白羽："可是开演唱会应该需要很多钱吧？"

白世琨："我去和家里要。"

"不用，打工就好了。"

"你们去打工吧！"

我和白文泽几乎同时脱口而出，然后默契地对了一个眼神。

演唱会的事情就这样被提上了日程，
没日没夜打工的生涯，也就无穷无尽地袭来了。

萧白羽去学校兼职音乐老师；叶鹏去商场当了安保人员；白世琨去做了英文家教；而白文泽，早上六点钟开始挨家挨户地送牛奶，上午在超市当促销员，下午到餐厅当服务生，晚上和其他三个人一起去酒吧唱歌，偶尔空闲的时候还要接一些发传单的零散工作。

誓与大家同进退的我，也效仿白文泽同时找了几份兼职工作。刚开始几天还能勉强应付得来，但不到一个星期，身体就明显有点吃不消了，开始出现低血糖的症状。白文泽见状命令我辞去工作，而他自己始终坚持打着好几份工，每天只睡不到四个小时，有时候坐着就能睡着。即便是这样，音乐仿若他的兴奋剂，抱起吉他的一瞬间他就可以恢复满满元气。

为梦想拼命努力的他们，像是一个个散发着强大能量的超人，治愈着每一个曾抛弃过梦想的逃兵。

三个多月连轴转的打工日子，让大家感到身心俱疲。不过终于功夫不负有心人，我们攒够了开演唱会的全部经费。接下来进入到了演唱会的宣传阶段。

白天我们去校园里拉横幅做宣传，到了晚上就兵分几路，去到人流量最大的各大街道上，偷偷摸摸地张贴几张演唱会海报。

只是偶尔，也会遇到一些突发状况……

正在路边墙上贴海报的我，突然被一束明晃晃的光照到，晃得眼睛都睁不开了：
"欸，你们俩，你们干吗呢？"
还没等我反应过来，萧白羽拉着我撒腿就跑。

一个拿着手电、别着警棍、穿着制服、人高马大的男人在我们后面穷追不舍：
"站住！别跑！"

我们拼命跑进了一条幽暗的小巷，躲到了杂货堆后面。狭小的空间，让我和萧白羽贴得很近，近到能清晰地听到他的心跳声："咚……咚……咚……"
而我身体里的那条小鹿，也好像恢复了活力："扑通、扑通、扑通。"

萧白羽不安地四处张望，以确定后面没有人追过来，而我的目光始终停留在这张慌乱的脸上。这是我第一次，离得这么近看这张脸。

他的眉心、睫毛、瞳孔、鼻梁、胡楂，都是那么纯净。

我想，如果天使有模样的话，那一定就是长成这样吧。要不然怎么会在如此昏暗的夜里，也还是能感受到他发出来的光呢？

在确定没人跟来之后，萧白羽拉着我沿原路折返。一边念叨一边慌乱地四处寻找刚刚被我们不小心遗失在半路上的海报："在哪里呢？这边没有！这里也没有！到底去哪儿了呢？"

商场内外、路边座椅、小摊脚下，以及草坪里，找了很多地方也还是没能找到。

突然，萧白羽跑到路边的垃圾桶旁，开始不顾形象地翻找起来。

我急忙拉住他："别找了小白，我一会儿回去再画几张就好了！时间来得及的。这边好脏，不要找了。"

萧白羽："不行，这些海报，都是你一笔一笔画了好久才完成的。你画得那么好看、那么辛苦，它们不应该被丢在这里的！你再等我一下小鸥，相信我一定会找到的。"

他继续努力地翻找，手上、胳膊上、衬衫上，还有那张干净无瑕的脸上，都被蹭上了灰。

　　刚入行的时候，我辛苦熬了几个通宵写的稿子，主编只看了一眼标题，就随手丢进了垃圾桶里。之前的程鸥经历过太多心血与付出不被尊重的瞬间了，可现在有一个人那么认真地告诉她说，它们不该属于垃圾桶。

　　这让我早已冷冻麻木的心，像是被拿到了九十度的高温里，全部融化了。我向前一把抱住了眼前这个少年，用力地抱着，就像抱紧我那年少时的梦想一样。

　　我："谢谢你，小白！"

第二节

——情歌兑换券

今天大家如往常一样来学校做宣传，布置好了桌子、椅子、横幅、海报。

此时，距离演唱会开始只剩下三天了。

路过的两个女生问道："请问，这是谁的演唱会啊?"

萧白羽："这个是 Sky 的演唱会，他们可是很有才华的一个乐队哦，音乐都非常好听。"

两个女生互相问：

"S 什么? 你有听过这个乐队吗?"

"没有欸。"

"我也没有，可能是没什么名气的小乐队吧，我想也不会好听。"

眼看她们就要走掉了，白世琨急忙挽留："很好看的，票价也很便宜，你们去看一次就知道了。"

可这世上总有一些不被珍惜的梦想和没有响应的热忱。那两个女生就好像什么都没听到一样，头也不回地离开了。

即使这些天大家都在非常卖力地宣传，可累计卖出的票还不够二十张。残酷的现实把大家最初的热情打磨掉了一大半。

我一个人在旁边心急如焚地走来走去：

"卖票、卖票、卖票，怎么才能把票卖出去呢？

"怎么卖？肯定有办法的，我记得报道上说过他们第一场演唱会观众挺多的。

"可是为什么都现在了，才卖了零零散散几张票？这'不科学'啊！"

追求理想的道路大概就是这样，现实会马不停蹄地抛给你一个又一个棘手难题，而你的任务就是要马不停蹄地解决这一个又一个棘手的难题。

正当我坐立难安的时候，目光扫到不远处的地方，有两个女生在偷偷地望着我们，小声地嘀咕着什么。顺着她们的目光看过来，聚焦点在——

白世琨！

"有了!"我快速朝她们走去。

我:"两位同学你们好,我是 Sky 乐队的经纪人,我们最近有一个'情歌兑换券'的活动,凡是购买了我们演唱会门票的人,就有机会参加 Sky 的庆功宴,并且可以在当天指定其中一名成员为你单独献唱一首情歌!你们想了解一下吗?"

女生:"情歌兑换券?"

在这个年代应该第一次有这种奇奇怪怪的东西吧,我继续说:"对呀,因为庆功宴那天刚好是'520',你们可以想象一下,在一个这么浪漫的日子里,如果能和喜欢的人一起分享他们的开心与成功,并且还能让他为你唱一首情歌,这场景是不是犹如梦幻一般。"

两个女生面面相觑:"'520'?"

对哦,我忘记了这个年代还没有"520"的说法,我解释说:"'520'是指每年的 5 月 20 日这一天,和'我爱你'的发音差不多,所以又叫作'520'情人节。因为很少人知道,所以在这一天,情侣之间互相许的愿望会很容易实现。你们不觉得这是个难得的好日子吗?"

看到她们有些心动,我靠近她们的耳边轻声说了一句:"如果被选中,还能被白世琨亲自护送回家哦。"她们的脸瞬间红了起来，立马跟我过去买了两张门票。

就这样，我成功地利用"现代粉丝经济学"的知识，推出了"情歌兑换券"这一活动。两天内，剩余门票销售一空。

萧白羽开心地说："哇！我们的门票都卖光了，好开心！"

白世琨问："小鸥你好聪明喔，'情歌兑换券'这么有趣的事情，你是怎么想到的？"

我得意地说："那太简单了，我们那个年代连'粉丝握手券'都有，'脑残粉'的钱就是这么好赚……"

等等，我在说什么？

四个人充满疑惑地看着我，我立马改口道："'脑残粉'的意思不是真的脑子坏掉啦，那就是超级粉丝的意思，喜欢一个人喜欢到可以不用动脑子了。是我家乡那边的俗语啦，哈，哈哈，很有趣的称呼吧。"我也不知道我自己在说什么。

萧白羽调皮地晃动着脑袋："那我也是你的'脑残粉'，不过我是真的脑子坏掉了，因为如果喜欢你，就代表脑子是真的坏掉了，哈哈哈。"爽朗的笑声化解了我的尴尬。

一天后，演唱会如期举办。对他们来说，这是第一次，台下坐了这么多专程花钱来听他们唱歌的观众。所以一整晚，演唱会的一整晚，白文泽都在笑，连同他身上的每一个细胞，都带着笑意。他冲着萧白羽笑、冲着白世琨笑、冲着叶鹏笑，冲着我、摄像师、音响师、灯光师，以及台下的每一位观众微笑。从他的那双眼睛里，我感知到了世间所有美好的事正在发生着。

一直以来，我最钦佩白文泽的一点，就是他对一切人和事物的敬畏之心。他从来都不会独抢锋芒，他肯给每一位成员展露的机会。演唱会上，他特地安排了每人一段 solo（独唱），并反复叮嘱摄影师一定不要只拍他自己。不信你看，他正在故意调整自己的站位，让镜头照顾到每一位成员。我想这也是所有成员无怨无悔跟随他的原因吧。

挥舞的荧光棒、跳动的摇滚乐、虔诚的理想信徒，勾勒出一副感人画卷。看着舞台上闪闪发光的他们，我的心被开了一扇天窗，阳光洒进来，暖洋洋的，晒走了这段日子里所有的疲惫感。一直盯着我的那双眼睛，也变得柔和起来。感谢这些做梦的少年，替我们做着年少时的梦。

第三节

——王子公主

庆功宴被安排在了海边，除了我们五个外，来参加的还有白文泽的女朋友，以及抽中"情歌兑换券"的四位女生。

大家点燃篝火，围坐一圈，萧白羽站在大家中间又蹦又跳、慷慨激昂地为晚宴揭幕：

"ladies and gentlemen（女士们先生们），欢迎大家前来参加摇滚天团 Sky 万人演唱会的庆功宴，现在我宣布，庆功宴正式开始！"

"耶！"
"祝贺大家又朝着梦想迈进了一步！"
"祝贺！"
"Cheers！（干杯！）"

萧白羽拿起了主持人的范，有模有样地说："那就先让我们温柔美丽、可爱贤惠、大方得体的经纪人小鸥女士上来讲几句好不好? 感谢她帮忙卖了这么多张门票,掌声有请!"

听到他对我浮夸的称赞,底下的人一起起哄:"嘿!""喔!"还有人吹起了口哨。

走到中间位置的我有一点紧张,也有一些激动。此刻的我竟然站在多年的偶像面前,接受着来自他们的感谢,分享着他们追求理想的喜悦,如果这是一场梦,我宁愿长眠不愿醒过来。

"其实,我只是稍微地贡献了一点小想法而已,能有今天的收获,当然是来自你们的坚持与深入人心的音乐。这段时间为了筹备演唱会,我看到过小白练习贝斯到手指磨出血,看到过骄傲的叶鹏为了卖票在街头发着传单,看到过世琨哥为安排演唱会的细节与流程一整天忘记吃一口饭,也看到过文泽哥每天只睡四个小时拼命赚钱,差点晕倒在路边。在我的家乡,没有人会为了理想付出这么多,所有人都想着投机取巧,所有人都随波逐流。谢谢你们的这份笃定,也希望你们不管再过十年、二十年,还是五十年,都一直坚持这份初心。"我冲着他们鞠了一个 90°深躬。

不想气氛过于紧张的我收了收感性的情绪:"好啦,今天我们是要一起度过一个非常开心的夜晚,这段时间承受了这么多的压力,就在今晚全部释放吧!哦对了,友情提醒，今天就是传说中的‘520’夜晚了，据说只要能和喜欢的人成功交换到一个小秘密，就可以和爱神要一个愿望了！还有中了‘情歌兑换券’的四位小伙伴，不要忘记使用你们的特权哦！”为了让大家更好地释放这些天心里的压力，我随口编了一个故事。

白世琨在三个女生面前讲着自己“编造”出来的那段情感受伤史，惹得几位女生恨不得马上抱住他安慰一下那颗受伤的心灵。

白世琨：“所以我每次上台都会系上她送我的那条领带，因为我答应过她的事情就一定会做到，虽然现在早已无关乎爱情了，可是我从来不会让女人失望的。”

女生A：“你怎么这么深情啊，哎，那个女生真的好没眼光哦。”

女生B：“像你这样又帅又深情的男生真的不多了，不要伤心啦一定会遇到懂得珍惜你的人的。”

萧白羽和我一起帮忙给大家烧烤，偶尔调皮地说几句拆穿白世琨为自己打造的人设：“是呀是呀，领带一百年都不洗了，上次在里面找到了一只毛茸茸的虫子。噫——”

正轻轻抚摸着领带的女生们，吓得一下子缩回了手，尖叫起来：“虫子！”

白世琨赶紧捂住萧白羽的嘴巴：“别瞎说！哪里有什么虫子。”

酷酷的叶鹏被一个女生缠着一直聊天，不耐烦地有一声无一声地回答着。

女生 D："你是什么星座的呀？"

叶鹏："不知道。"

女生 D："那你是几月份的生日呀？你告诉我我帮你查星座，跟你说呀，星座书上有时候说得可准了。我是白羊座的，书上说我适合找一个天秤座的男朋友，我感觉你应该是天秤座，嘻嘻。"

叶鹏："你能不能安静几分钟？"

女生 D："好呀我安静几分钟，我安静，那我听你讲话，咦？对了我还有情歌券呢，你现在就对我唱一首情歌吧。"

叶鹏："……"

白文泽在一旁抱着吉他专注为身边的"她"弹唱："啦啦啦啦啦啦啦啦……"

他满腹深情地哼唱，旁边女友听得一脸痴醉。微弱幽暗的火光，映得白文泽的脸如水般温柔，又如雾气般影影绰绰的，不真实。

或许我不该如此扫兴，但一想到他们后来的结局，心里便暗自感伤起来。他们一定想象不到，这段此时听来无比甜蜜的旋律，后来却是用作纪念这段无疾而终的感情的。心里不禁袭来一阵失落，就像电影散场后的无所适从。

　　这时候一个女生走过来找萧白羽兑换情歌，我默默放下手中的烧烤签，悄悄转身离开了人群，一个人走到一百米处的海边，坐了下来。

　　远方的海平面像是一个巨大的幕布：

　　相恋了七年的前男友，说过那么多山盟海誓的他，也还是说劈腿就劈了腿。多年青春换来了最后的一句，谢谢成全。后来，我成了名，被公司安排了一个"合约男友"，为了增加曝光度，也为了争取到更多的资源，被迫和一个完全没有感情的男人谈感情。荧幕前我们大秀恩爱，聚光灯散场后我们回家各自取暖。

　　"是不是任何一件事情拿来和爱情做选择题时，人们都会选择前者而放弃一文不值的感情？"我自己问自己。

　　我们都渴望拥有王子公主般完美的爱情，却又总是在自己的爱情里留好了退路。

　　我们不愿全力以赴地去爱对方，却又自私地希望得到对方全力以赴的爱。

　　于是我们猜忌怀疑，于是我们斤斤计较。

　　口口声声说着情比金坚，可自己的爱情却比任何一件瓷器都更显得脆弱和不堪一击，稍遇点诱惑就立刻忘记之前的海誓山盟。

　　所以才会听了那么多的故事，看了那么多的人生，只听过移情别恋的某某，却还没听过谁对谁矢志不渝。

　　想着想着，我的心跳狂乱加速，糟糕，它又来了……

第四节
——萧白羽的心结

想着想着，我的心跳开始狂乱加速，糟糕，它又来了，那双眼睛突然变得比我还要难过一万倍。我的抑郁症发作了……

萧白羽不知道什么时候坐在了我的身边：

"小鸥，你没事吧。"

或许是被我的情绪所带动了，那张向来阳光的脸上，第一次露出了一丝掩盖不住的难过。

萧白羽压低了声线，放慢了语速："其实……其实你挺可爱的，如果你能早一点认识小叔……如果他没有女朋友的话……我想，他一定会喜欢你的……"

沉浸在悲伤情绪中的我，一时没反应过来他说的话，随声附和了一个"嗯"字：

"嗯……"

那张阳光的脸，瞬间更加难过了。

大概隔了三十几秒，他的话才刚刚反应到我的大脑里：
"嗯？？？ 你刚说什么？什么喜欢？"

萧白羽目不斜视地看着远方的海，很想看我却又倔强地不肯看我：
"其实，一直以来，我都看到了……"

我："你看到了什么？"

萧白羽："我看到……你每次看小叔的时候，眼睛里都是满满的崇拜；我看到，你会细心地为他整理乐器，会认真地听他讲他那些漫无边际的理想；我还看到，你经常看他看得出神……"
萧白羽叹了口气，接着说道："所以，你应该很喜欢他吧，所以，刚才，所以你才会这么难过的，对吧？"说到最后他的语序有一些颠倒。
没想到平常总是嘻嘻哈哈的他，心思如此细腻，我的一举一动他都有留意。
只不过，他似乎误会了。
我："你说，我喜欢文泽哥？"

他看着我，无辜的眼睛眨巴眨巴地等着一个让他更加难过的回答，默不作声。

此刻的他像是一只受了伤的小白兔，又害怕，又彷徨，让路过的人想抱在怀里安抚几下。

我解释说："你误会了，我只是突然想起了一些难过的事情而已。"

听到我否认他立马开心起来："是吗？"

还真的是一只心思单纯的小白兔。

萧白羽："那你想起了什么难过的事情呀？能告诉我吗？小叔说遇到难过的事情就要立刻找一个人分享，这样的话难过就会减半。"

我看着他："我能问你一个问题吗？"

萧白羽："好呀，什么问题呀？"

我："你觉得，爱情是什么？是不是你们男生，都很羡慕白世琨那种，身边美女无数，阅历人间的感觉？用美女，来衡量自己的魅力与成就？"

萧白羽："不会呀，怎么会！阅历人间一点都不酷，一辈子只钟情一个才算是勇敢！"说完，萧白羽的脸上泛出得意的笑容。

"一辈子，只钟情一个？"这句话让我觉得有点幼稚，也有点好笑："呵……"

萧白羽委屈地看着我："你不信吗？"

当然不信。人们总爱把自己幻想得特别深情，可是当诱惑出现的时候却总有新的说辞。你自己不也是吗？虽然用了二十年的光阴去等待一个人，现在不还是喜欢上了我。

"信。"我习惯性地说着相反的话。

萧白羽："我就知道你能懂我，嘻嘻。咦？不对呀小鸥！你在这里这么伤心，该不会，该不会是因为世琨哥吧？"他惊讶地看着我。

我大声反驳："才不是！！"

他不好意思地笑了："要不这样吧，我们来交换秘密吧，我先和你分享一个我的秘密，然后你再和我说一个你的秘密好不好？"

我开玩笑地说："好，不过，像你这么单纯的男孩子，应该也没有什么秘密吧？无非是小学暗恋了哪个女孩子，或者初中哪次成绩不好偷偷骗了爸妈。"

萧白羽一脸认真地反驳我："什么嘛！什么男孩子！我早就不是男孩子了！我都已经22岁了，我可是一个有故事的成熟男人！"

　　我被逗笑了："是是是，22岁的成熟大叔，那么请问，你的故事是什么呢？"

　　只见他叹了口气，天使般的小脸上又多了几分忧伤："我小学三年级的时候，被人绑架过，差一点死掉……"

　　我："被绑架？"

　　萧白羽："嗯……那天下午放学后，我和当时最好的朋友一起回家，走到一条小路的时候，突然一辆车停在了我们面前，下来了几个蒙着面的人用毛巾捂住我们的嘴巴，把我们抱进了车里，然后我就晕了过去。"

　　我："那后来呢？"

　　萧白羽一边回忆一边说："后来，我们被关在一个小屋子里好多天，没有什么吃的，眼睛一直被蒙着，黑暗，眼前的一切都是黑色的，当时的我害怕极了。再后来绑匪收到赎金后，却说只能放我们一个人回去。我的朋友当时被折磨得生病了，再不回去的话就会死掉的，我想让他先回去的，我是真的想让他先回去的……"说到这里他有一些哽咽了。

　　我不想让他再回忆这段可怕的过往了，却又很想帮他分担一些这件事情带来的伤害，因为我知道黑暗有多么可怕，那种让人窒息的恐惧："结果反而是先放你离开的？"

萧白羽："嗯，当时绑匪让我们用猜拳的方式来决定放谁走，赢了的那个就可以回去了，输了的留下一根手指并等待下一批赎金……我们当时约定好一起出剪刀，同甘共苦。可是在出拳的一瞬间我想起他曾经和我说过他的梦想是要成为一个出色的贝斯手，但是贝斯手如果少了一根手指要怎么弹啊。所以，在最后的一刻我犹豫了。"

我问："你改成了布？"
他小声地说："嗯。"

我继续问道："但你没想到他也改了，改出了石头？"
他不说话了，眼睛被可怕的过往所覆盖。我抱住了他，让他的头靠在我的怀里，希望能尽量带给他一丝光明，就像，他曾带给过我的光一样。

他吸了一口气，越说声音越小："后来我就再也没有了他的消息。是我害了他，如果我没有犹豫，还是出剪刀的话，他可能就不会……"
我不知道该怎么安慰他："不，不是你害的，如果他能够相信你，出剪刀的话，他就会获救。可最后你选择了相信，他却选择了背叛，所以从一开始你们的结局就已经注定了，这不怪你。"

他擦了擦眼泪，坐起来说："这件事情帮我保密好不好？就当作你和我之间的小秘密。"

我："那你没有气过他背叛你吗？"

萧白羽："当然有，我特别生气他为什么不信任我，我是他最好的朋友，他应该相信我才对！可他始终因为我才受到伤害。于是后来，我的理想便是成为一名有名的贝斯手，这也算是我能为他做的最后一件事情了。"

原来萧白羽的理想背后，藏匿着这样一段灰暗的经历。

他逼迫自己从悲伤的情绪中抽离出来："对了小鸥，一直没听你讲过，你的理想是什么呀？"

"我的理想啊……"
我想了想说："我没有理想。"

萧白羽认真地说："没有吗？可是小叔说过我们每个人都要有自己的理想，才不辜负我们这一生。我感觉你的文采很好，说不定以后可以成为一个有名的大作家！"

他的话让我心里"咯噔"了一下，成为大作家，这一生，真的会好过吗？

"可能吧。"我的语气中闪过无数的不确定。

萧白羽："好啦，我的秘密讲完了，换你讲了。"

我："我的秘密啊，我讲了你不许生气。"

萧白羽："放心啦，不生气。"

"其实抽奖的时候我有作弊。在抽奖之前我偷偷地把所有指定你唱情歌的券，都拿了出去。"

我用故作自责的语气说："不过后来为什么还是有一个漏网之鱼?! 哎，我真是太不小心了!"

萧白羽脸上立马浮现出以往一样可爱的笑容："所以你拿走那些唱歌券的原因，是不希望我对着别人唱情歌吗?"

我笑了笑。

他立马蹦了起来，对着海大喊："喂! 你听到了吗? 她不希望我为别人唱情歌哦!"

"欸欸欸，好啦，别喊了，再喊大家都听到了!"

萧白羽："小鸥说她不希望我对着别人唱情歌!"

我："你很幼稚欸! 别喊了。"

萧白羽："你才幼稚呢，我是 22 岁的成熟大叔！"

我："是是是，你是大叔，你说是什么就是什么，幼稚鬼……"

萧白羽："我是大叔！"

我："你是幼稚鬼大叔。"

我："对了，你为什么叫文泽哥小叔？"

萧白羽："因为他的姐姐嫁给了世琨哥的叔叔。"

我："那也应该是世琨哥叫他小叔呀？"

萧白羽："世琨哥才不会这么叫，他可不愿意自己比白文泽低一个辈分，那在女粉丝面前多丢面子呀。"

我："那倒也是。"

萧白羽："我喜欢逗他们，每次叫文泽小叔的时候，世琨哥都会脸红。"

我："看不出你还挺坏的。"

萧白羽："还有呀，你不觉得文泽平时讲话慢吞吞的，很像一个老年人吗？哈哈。"

我："你这么一说，倒是有几分像……"

萧白羽："哈哈哈哈哈，小叔他就是一个老年人。"

我："那你也就是一个小孩子。"

萧白羽："我才不是!"
我："你就是。"

"哈哈哈哈。"
"哈哈哈。"
"哈哈哈哈哈。"

一天的疲惫全部都融化在了这笑声当中。虽然我们不知道为什么会这么开心，却开心得像两个孩子。

回到家后，萧白羽对着月亮悄悄许下了一个愿望，而我打开笔记本写下了一篇《惊爆! 萧白羽小时候竟遭绑架? 害死同行小伙伴?》的报道，没想过要发表，只是出于职业本能不由自主地写了下来，用词犀利，想着这一定是一篇可以"爆掉"的新闻，却没想过此时的无心之举，成了后来东窗事发的导火索……

坚　　持

有时候我也不知道自己在坚持什么，

但总觉得只要再坚持一下下，理想就能如期而至。

第一节

——老板的侄子

"好消息！刚有唱片公司和我联系，打算签下咱们！"
白文泽开心地向大家宣布。

演唱会过后，Sky 便被浪花唱片公司签下了，这是他们
正式签约的第一家公司。

公司专门为他们准备了一间 40 平方米的排练室。虽然
稍一走位，还是会不小心磕碰到彼此，但室内的隔音和收
音效果做得很棒，应该不会再发生那种被邻居报警的无奈
事件了。

大家迫不及待地冲进了排练室：
"哇，好棒的排练室啊！"
"太棒了，这里以后就是咱们的地盘啦！"
四个人像是被家长奖励了心爱玩具的孩子一样，一个
比一个兴奋。

白文泽一把抱起吉他，随着兴致弹了一个曲调。其他三人见状也按捺不住激动的心情，一个个跟着加入进来，吉他、贝斯、架子鼓，四人默契合奏出一曲一听就让人充满热情的音乐。跳跃的音符、躁动的青春，绽放出一朵朵关于理想的花。我能听出这段音乐，这就是后来那首传遍大街小巷的《壮志凌云》。

我终于有点理解邢天常对我说的那句话："文字是作家表达个人情感的一个宣泄口，能够引发人心最深共鸣，经得住时间推敲的，永远都是那种不为了取悦谁，也没有任何目的，随心而作的作品。"

虽然早就知道他们最终会成为乐坛的巨星，但此时此刻，我仍然发自肺腑地替他们开心，感谢理想没有辜负这四个虔诚的信徒。

"哟，你们都已经开始排练起来了呀！不错！不错！"

此时三个男人从门外走了进来，走在最前面的是这家经纪公司的老板，边讲话边鼓掌的是他的助理，最后面还跟着一个身穿浅粉色衬衫，带着奶茶色手套，唇红齿白，戴一副金丝边眼镜，看上去温文尔雅的男生。

萧白羽："谢谢，我们很喜欢这个排练室。"

助理满面春风地为大家介绍："你们喜欢就好，对了，给大家介绍一下，这个呢，是接下来要加入你们乐队的新成员，黎泰宇。"

随即男孩儿彬彬有礼地和大家打招呼："大家好，我叫黎泰宇，我擅长弹吉他，以后就请大家多多关照了。"

他说话的语速很缓慢，吐字很清晰，声音很温柔。从他口中发出来的每一个字，都好像是在你耳边轻声呢喃一样，让人听了就有种酥酥的感觉，就像电台里那种拥有很多"迷妹"的男主播一样。

不过此时突然出现在这里的他，更像是一个冒昧打扰的不速之客。

萧白羽惊讶地喊了一声："啊?! 加入我们?!"
白世琨紧接着问道："什么??"

老板看了一眼吃惊的四人，特别淡定地回了一个字："对。"

白文泽慢条斯理地试图反驳："乐队突然要加入新人恐怕会浪费很长的时间进行磨合，我们不是马上要出新专辑了吗？如果加一个成员恐怕我们的音乐都要……"没等他说完，就被老板的助理拉到一旁，助理小声地不知道说了些什么。

秘密交谈过后，助理回来和大家说："好啦，那泰宇明天再过来和你们一起排练，你们继续吧，我们就先回去了。"

虽然尴尬的氛围已经使温度降到了零下，但黎泰宇仍然很有礼貌地对着在场的每个人逐一微笑告别："拜拜""拜拜""拜拜"。

最后他扭过头来小声地对我说了一句"明天见"，然后露出一个意味深长的笑容。

还没等我反应过来这突然加入的第五个人是怎么回事，老板就已经带着黎泰宇离开了。

他们刚走，叶鹏就气愤地开始质问白文泽说："你刚刚干吗不反驳！意思就是，你已经同意他加入我们了是吧?!"

萧白羽也跟着小声表达出了自己的意见："是呀小叔，乐队有咱们四个已经够了吧，再来一个人的话，恐怕好多曲子都要重新改动了。"

白文泽先是一阵沉默，然后慢慢地说道："刚刚老板的助理和我说，那个人是老板的侄子，如果不让他加入我们，就只能终止合约，并且让咱们赔偿一大笔违约金。"

叶鹏一听到这里就炸了："这算什么?!关系户吗?!有什么了不起的!咱们这里又不是收容所,随随便便就塞个什么流浪的阿猫阿狗进来,有提前问过我们吗?!公司是他开的了不起啊,有种出来单挑啊!"

温和的白世琨希望大家都能平息一下情绪:"好了好了,大家都先冷静一下,先想想该怎么处理这个问题才好。"

我也紧跟着劝大家:"对呀,先别慌,等明天他来了看看情况再说吧。毕竟咱们刚刚签约,直接拒绝肯定是不好,不如等稳定稳定再说,说不定到时候是他受不了咱们的排练强度,自己主动退出了呢。"

看到大家情绪渐渐平复,我想开个玩笑缓和一下气氛:"其实依照粉丝经济学来说,以他的长相说不定能帮忙吸引一批女粉丝,也说不定下次卖点他的'握手券',咱们下一场演唱会门票就不用愁了,所以暂时把他当成一个花瓶先留下也还不错!"

没想到我无心的一句话,彻底点燃了叶鹏心中的怒火。

叶鹏:"所以……所以什么?所以我明天要开开心心地放着鞭炮在门口等着迎接他的加入吗?!他现在什么水平我都不知道,我只知道我的音乐里绝不能混进一粒沙子,谁都不能!"

　　他继续讲:"别以为我刚刚没看到你们两个眉来眼去的!你就是看他长得好看了对吧!所以你现在不喜欢你的文泽哥了,改成那个小白脸了是吗?"

　　"你说什么呢?!"
　　"砰!"
　　只见一记拳头飞速落在叶鹏脸上。
　　是萧白羽,小白兔一样的萧白羽竟然爆了粗口,这是我第一次见到他生气,也是第一次见到他动手打人。

　　满身肌肉的叶鹏当然不甘示弱,本能地回敬了他一拳。
　　"咚!"
　　这重重的一拳,一下子打到了这张陶瓷一样精致的脸上,我的心也紧跟着狠狠地疼了一下。

　　"干吗呢?!大家兄弟,为了一个外人打架值得吗?!"
　　另外两人赶紧上前拉架。
　　暴脾气的叶鹏依旧不依不饶:"别以为我不知道你也喜欢她!可人家之前喜欢的是文泽,现在倒好,你连一个新来的小白脸都比不上了!"

　　萧白羽:"你给我再说一次!"
　　稚嫩的声音中带着一丝嘶哑的咆哮。

萧白羽的衬衫在拉扯中被撕破了一块，露出了腹肌。

领口的纽扣崩开了三颗，喉结的青筋也开始慢慢爆起，一股浓浓的男性荷尔蒙气息在此刻填满了我面前的空气，这样的小白看得我快要流鼻血了。

叶鹏："我说你比不上一个新来的小白脸！"

白文泽站在两人中间用力一推，把他们分开了：
"都闭嘴！"
他的这一声吼也让大家安静了下来。

白文泽："都冷静点听我说！首先，硬要放一个人进来咱们中间，之前所有的音乐和默契很有可能就被新来的这个人打乱，还需要花很长的时间去磨合，我心里也不情愿。我知道大家都有情绪，但是咱们刚和公司签约，还没站稳脚跟。目前咱们也确实没什么名气，根本没有底气提出一些要求，所以只能做一些不触及原则的让步！其实小鸥刚刚说得对，现在我们对这个人的情况一无所知，有必要先考察一段时间再另作计划。未来会是什么样子，大家都不知道，这个人加入是好是坏，我们也不知道。但是今天我可以很明确地给你们许下一个承诺，如果一段时间过后，他的音乐真的不行，到时候就算赔得倾家荡产也由我一个人来承担所有后果！我答应你们，绝不允许有人来毁掉咱们的音乐！"

果然是大哥的风范，他说的每一句话都那么不卑不亢、铿锵有力，让所有人乖乖信服。

白文泽："还有就是，你要为刚说的话向小鸥道歉！这么久了，她为乐队做的事情大家有目共睹，生气归生气，但不可以这么口不择言。"

一向"怼天怼地怼空气"，玉皇大帝都不怕的叶鹏，偏偏每次只听白文泽的话。

他压低声线挤出了几个字："刚刚，抱歉了！"
然后推开大家走了。

白文泽："没事吧小鸥？叶鹏他就是这样子，心直口快，你别介意，他本意不是这个意思。"
萧白羽看到白文泽过来安慰我，一个人默默地扭头出去了。

我："文泽哥，我没事的！放心吧！"
心不在焉的我，应了几句话就追了出去。

此时萧白羽正一个人孤零零地坐在外面座椅上，头快要低到地下去了，往日的阳光朝气全都不见了，像是打了败仗的士兵，垂头丧气的。

我："小白，你没事吧?"

他抬起头，把脸扭了过来，神情复杂地看着我，默不作声。

一个通红通红的拳头印在上面，那张脸上多了一寸的瑕疵，好像是自己珍藏了多年的宝贝，一下子就被别人打碎了。

我忍不住伸手想去抚摸这张脸，手却突然被他一把抓住。

樱桃一样红润的唇，散发着淡淡的青草味，慢慢地、慢慢地在向我靠近。我的心快要融化在这一片空气当中了……

我慢慢闭上了眼睛，听着心跳的声音，却在我们的鼻尖马上要相碰的时候一把推开了他。

萧白羽吓了一跳，然后又低下了头。

空气凝结了半分钟后，我们异口同声地向对方说了一句：
"对不起!"

萧白羽不知所措地涨红了另外一半的脸："对不起，我不是故意要冒犯你，我……"

我连忙打断他说："不是，不是你的问题。"

说来很奇怪，每次面对他的时候，我心里明明有了感觉，却在靠近的一瞬间，心动突然消失。眼前的萧白羽也好像变成了一个陌生人，让我没有办法和他继续接近。甚至好几次我都会冒出一些荒诞的想法：这个人，真的是小白吗？

一阵沉默中我们相视对望，眼睛里有着各自的复杂情绪，所有的一切，尽在不言中……

回家后我躺在床上，想着今天发生的事情，一大堆疑问接踵而来：

Sky 从来都是四个人，这第五个人是从哪里冒出来的？

难道他是在乐队初期的时候加入了一段时间，然后又退出了？

可就算是后来又退出了，相关的媒体报道也一定会有记录。我并没有看过这个人的报道的印象，难道是中间发生了什么事情，被媒体封锁了消息？

虽然黎泰宇这个名字很陌生，可他的长相似乎又有一些熟悉，是不是在哪里见过他？

也或许，从一开始我就不是穿越回了过去，而是，进入了另外一个时空？在这个平行时空里的 Sky，其实是五个人的组合？？？

　　这多出来的第五个人，让太多疑问在我脑海找不到答案……

第二节
——明星培训班

第二天清晨，黎泰宇在大家还未到排练室之前就来了，带着为每个人精心准备的早餐。

黎泰宇热情地把早餐分给大家："文泽哥、世琨哥，大家都来吃早餐吧。"

叶鹏率性地挥手拒绝了这份示好的早餐："不用，吃过了！"然后抱起吉他开始了练习。

吃了一大碗闭门羹的黎泰宇依然保持着礼貌的微笑，温柔地说了一句："那明天就不要吃早饭了，我给你带。"

这个人难道都不会生气的吗？

正想着，他拿着一份早餐走向了我："小鸥，这份早餐是给你的，你的这份可是我亲手做的哦。"

看到萧白羽此时正看着我们，来不及细想黎泰宇的话，我快速地接过了早餐："谢谢。"

黎泰宇："那我们说好了，以后你的早餐，我都承包了哦。"

说完顺势温柔地摸了我的头一下。

萧白羽看到这一幕后，默默把头扭了过去。

"小鸥，来一下。"白文泽叫我。

"来了文泽哥！"这突然的一声，顺理成章地替我解了围。

尴尬的黎泰宇看着我逃离的背影，依旧是礼貌地笑了笑。

经过一段时间的接触，我对黎泰宇有了更深的了解。这个人外表很出众，是一个五官精致得像女人一样的男人。温文尔雅、彬彬有礼、风度翩翩，这些都是他的形容词。他很喜欢左手戴一只手套，就算吃饭也没有见他脱掉过。他对大家都很友好，是那种极致的友好，无论别人怎么对他，他都善良得像个"菩萨"，完全不会发脾气也不会发牢骚，是那种用大爱来感化顽石的好脾气。再给萧白羽加十倍的善良属性，才能约等于他。

日子一天一天过去了，为期三个月的明星培训班正式开课。公司规定能够顺利通过这次培训的成员，会被安排正式出道成为艺人。

第一个项目是野外培训，主要锻炼大家的身体素质和应变能力。

"第一期课程我们要去到鹿头山，请大家自行准备好野外生活的必需物品，明天早上 9 点钟公司集合出发。"

公司组织了两辆大巴车，算上工作人员这次培训一共是 33 个人，包括身为经纪人的我。

"哇，这里的风景好美呀！"

下车后大家看着眼前的青山和潺潺的溪水，纷纷发出感叹。

"先把各自的帐篷搭建起来吧。"

领队组织大家开始搭帐篷。

我在拿帐篷的时候，被没看到的石头绊了一下。

"小心！"黎泰宇不知道从哪里突然冒出来扶了我一把。

我："谢谢。"

黎泰宇："我来帮你吧小鸥。"

我："不用了，我自己弄就可以。"

我虽然嘴上拒绝，可心里还是希望他能帮忙，省得自己麻烦。

盛情难却的黎泰宇一把从我手中抢过了工具，开始摆弄帐篷的骨架："给我吧，这种事情怎么能让女孩子做呢？"

他这油嘴滑舌的劲头儿，倒还挺像白世琨的。这样想着我便四处找寻白世琨的身影，然后立马否定了刚才的结论。只见此时的白世琨正在给刚认识的三个漂亮女生搭帐篷，四个人有说有笑，其中一个女孩子掏出纸巾来给他擦汗。

"呵呵，白世琨就是白世琨，果然一出手就不同凡响！"

两个兄弟都跑来献殷勤，留下白文泽和叶鹏两个人"凄凄凉凉"地自己给自己搭建帐篷，"画风"倒是挺可爱的。

咦？小白呢？

我四处找寻小白的身影，忽略了正在对我讲话的黎泰宇。我的心不在焉被他察觉到了，绅士的脸上似乎有了一丝变化。

我看到了萧白羽，然后快步朝他走了过去："小白你去哪儿啦？"

萧白羽："我帮你带了一个小夜灯，可是打开包发现不见了，我就沿着刚刚来的路回去找了一下。幸好找到啦，给！"

小夜灯？他难道是因为知道我怕黑，所以准备的吗？

萧白羽："哦对了，刚刚我捡了一朵特别好看的山茶花，带来给你。"

他帮我把花戴到了耳朵上，我不自觉地露出了甜蜜的笑容："谢谢。"

他的脸突然红了起来："不，不用谢啦，嘿嘿。"

心动又甜蜜的气氛，都被黎泰宇看在了眼里，悄悄记在了心里……

第三节

——白世琨的风流债

今天的训练内容为：

四人一组，每组一个地图，大家要根据地图给的提示在三天内找到隐藏在地图里的"宝物"。

白世琨把我单独拉到一旁："小鸥，待会儿我们一个队好不好？"

我："好呀，只是……"

只是这么好的机会，白世琨为什么不去认识新的女孩子，反而要和我一队？一定有猫腻。

"说吧，想我干吗？"我开门见山。

白世琨："可爱的女孩子总是很聪明，想你帮我一个小忙而已。"

他用手指了指不远处的几个女生。

"能不能拜托你帮忙邀请一下那边那个穿红色长裙的女

孩子也加入我们呀?"

我就知道!

我打趣地说:"嗯?只是那一个女孩子吗?要不要叫她们都一起?"

白世琨:"当然不要啦,哪有好几个女孩子一起约的!好啦好啦不要笑我了,小鸥你比较想和谁一起?是你的文泽哥还是泰宇?我去帮你邀请,到时候咱们两对,在深山老林之中朝夕相处三天的时间,嘻嘻嘻……"

我肯定此时白世琨的脑袋里在想些有的没的,他还真的是一如既往……

我毫无兴致地说:"我无所谓,先帮你过去问一下她吧。"

白世琨一听特别开心:"对了对了,不要说是我要你帮忙约的。"

我:"放心啦!"

白世琨:"好的好的,你最可爱你最可爱。"

我朝红裙女孩儿走了过去:"你好我叫程鸥,想问下你已经组队了吗?如果没有的话我想邀请你加入我的队伍。"

哎,真不知道为什么要帮他做这种无聊的事情。

红裙女孩儿："你好，很开心能接到你的邀请，不过我已经组好队了。要不你邀请安琪吧，她还没有组队呢。"她指了指旁边的蓝衣服女孩。

我好像听到了一个熟悉的名字："嗯？你说她叫什么名字？"

蓝衣女孩看着我眨巴眨巴眼睛说："你好，我叫安琪。"

我有点喜出望外："安琪，那你认不认识旁边的那个男生？"我指了指白世琨。

她有一点羞涩地说："世琨哥小时候就住在我们家隔壁，不过后来他搬走了，我们就没再见过了。"

对！就是她。

我："能不能邀请你和我们一个队伍呀？哦，是那边那个男孩子想我帮忙邀请你的，他自己不好意思过来和你讲。"

白世琨配合地朝我们打了个招呼。

安琪脸瞬间红了，羞涩地点了点头。此时的白世琨还不知道我已经把他出卖得十分干净了。

安琪是后来白世琨的女朋友，也是唯一一个公开承认过的女友。他们从很小的时候就认识了，安琪一直默默喜欢着白世琨,可白世琨却装聋作哑假装看不到。安琪真的很喜欢他,每天上学都会给他带便当,也会为白世琨准备各种他喜欢的礼物。白世琨的第一条领带就是高中的时候,安琪打了几个月的工送给他的生日礼物,只不过后来被白世琨当成了"骗取"姑娘好感的道具了。高中毕业后白世琨全家搬走了,他们也就再也没有了联系,这次的相遇估计是白世琨自己都没想到的久别重逢。

原本是两小无猜的甜蜜爱情故事,可无奈天公没有成人之美,他们有一个悲伤的结局。2008年的一次地震中,安琪不幸遇难。在一片废墟中被发现的时候,手中还死死地攥着那张与白世琨的合影,上面残留了几道指甲慌乱的划痕。

为了完成和安琪一起去世界各地旅行的愿望,后知后觉的白世琨把那张照片锁进了一个小瓶子里,一有空就会带着小瓶子去不同城市,情场浪子从此彻底转了性,并发誓终身不娶。或许这就是爱情的常态,非得经历些悔恨莫及的瞬间,才发觉早已爱得刻骨铭心。

白世琨看我带着蓝色衣服女孩儿回去,表情一百个拧巴,又有一百个疑问,立马把我拉到旁边质问:"小鸥,我说的是那个红色女孩,不是蓝色的,你怎么把她叫过来了?!"

我只有装傻："哦？你不是说蓝色衣服吗？原来你说的是红色呀？哎呀都一样啦，叫都叫过来了，就先这个吧，其他的以后再说呗。安琪，快来这边。"

安琪听到了我叫她，走过来和我们打招呼："世琨哥，好久不见！"。

见到安琪的白世琨，瞬间变成了一只乖乖的小绵羊："啊啊，你也在这里呀，好，好巧，呵呵。"真是一物降一物，我忍不住笑了一声。

这时候黎泰宇刚好走过来说想和我一起组队，还没等到我讲话，白世琨就替我拒绝了他，并一把将路过的萧白羽抓了过来："白羽，来和我们一组，我们刚好少一个人，小鸥说一定要你来才行哦！是她特地拜托我一定叫你来。"

黎泰宇："那，小鸥，我们下次再一起吧。"说完，他礼貌地留下了一个温暖的笑容转身走了。

我心里暗想，这也太尴尬了吧，我哪里有这么说！这个白世琨，用不着这么快就报复吧！

不过也好，这下反而正合我意了。

第四节
——世琨哥

分好小组后大家各自出发了。

"咦？咱们好像已经走过这里了？接下来要怎么走呀？"

萧白羽拿着地图在前面带路，走了两个小时后发现又走回了刚刚的地方。

白世琨小声唠叨："绕来绕去又回来了这里，到底什么时候才能找到宝藏结束呀！"

"世琨哥，喝点水吧，给。"

"世琨哥，你饿了吗？我带了你最爱吃的巧克力夹心饼干哦。"

"世琨哥，你看这边风景好美啊！"

"世琨哥……"

一路上安琪都在照顾白世琨，怕他渴着、累着、饿着，完全视我和萧白羽为空气。

当着我们的面被女人过度关心，白世琨始终有一点难为情：

"呵呵，呵呵，我不渴，不饿，你吃吧……"

萧白羽借机起哄调侃他："世琨哥，你饿吗？过来我这也有吃的。"说完便被白世琨追着打。

此时的安琪还不忘记叮嘱一声："世琨哥，你小心点呀！"

看着白世琨难为情的脸，我暗暗偷笑，情场浪子也有拿女人没办法的时候。

我："安琪，你的理想是什么呀？"

我突然有些好奇像安琪这样的女生会有怎样的理想。

安琪："我的理想啊，就是每天都能见到喜欢的人，然后看着世琨哥一步一步完成他的理想。"

安琪看着正在打闹的白世琨一脸甜蜜地说："每次听世琨哥说起他的理想时，虽然有一点理解不了，但看到他露出的幸福笑容，我就也觉得幸福。"

安琪不好意思地对着我继续说："是不是我的理想和你们比起来太小家子气了呀？说出口后我觉得有一点羞愧，可是我确实没有什么太大的理想，如果非要说的话，应该是和喜欢的人一起去旅行吧。"

我看了看白世琨，又看了看沉浸在幸福里的安琪，突然觉得，理想，有时候也可以很简单：

"不会，安琪，挺好的，你的理想，挺好的。"

第一天的"寻宝之旅"很快就结束了，而我们也在迷路之中，一无所获。夜幕降临，我们临时找到了一个山洞，因为害怕会有野兽出没，就决定两人一组轮流看守燃着的火堆，以确保不熄灭。

白世琨先下手为强，对着萧白羽说："白羽，咱们两个一组吧！"

萧白羽却调皮地拒绝了："世琨哥，不要吧，你这么绅士，怎么能让两个女生一队呢？"

白世琨想了一下对我说："那小鸥咱们一组吧，正好有一些乐队宣传的事情想和你讨论一下。"他拼命给我使眼色，希望我能救他于火海。

我："好吧世琨哥。"

听到我答应了，白世琨差点没开心地蹦起来。

如果我是安琪的话，说不定一根棍子就扔过去了。可是安琪一点都没有生气，依旧一脸甜蜜地看着她的世琨哥。

　　分好组后，萧白羽和安琪先靠着墙壁歇息了。

　　我："喂，世琨哥，你不觉得，其实安琪也还挺可爱的吗？"

　　白世琨看着安琪熟睡的脸，然后温柔地说："她睡着的时候，好像，确实还蛮可爱的，也好像没有那么吓人了。"

　　"噗，"我笑着问他，"说起来你为什么这么怕她啊？白世琨也有害怕的女人吗？"

　　白世琨："才没有！我不是害怕，我白世琨才没有害怕的人。"他想了想又继续说："哎，好吧，我只和你一个人说哦，其实吧，我确实有一点害怕，但不是害怕她，是害怕我自己会爱上她。"

　　我："嗯？为什么？"

　　白世琨："你不觉得一个人一旦爱上了另外一个人的话，他就有了软肋，也有了被对方伤害的机会吗？而且万一对方离开了你，你却已经习惯了他的存在，那得多久才能戒掉这些习惯呀？你不觉得这是很残忍的事情吗？所以我坚决不能让自己和任何一个女生相处超过三个月，三个月喜欢可能就会上升到爱了，好可怕，我才不要。"

　　如果不是知道后来白世琨的终身不娶，我真的要把他这番话列为"渣男语录"了，难道仅仅是因为害怕爱上一个人，所以才换女朋友换得这么频繁？这世间竟还有这样的道理？

白世琨试图转移话题来掩盖他的内心想法：

"好了好了，我乱讲的！那你呢？文泽、泰宇、白羽，你到底喜欢哪一个？"

喜欢哪一个？像我这种早就对爱情绝望了的人，哪里有资格去谈论喜欢哪一个？

反倒是……

我看了看睡熟的萧白羽，然后和白世琨说："世琨哥，你能不能答应我一件事情？"

白世琨："说吧，你知道的，我是不会拒绝可爱女生的请求的。"

我："我是认真地在和你说啦！"

我停了停继续说："如果，我是说如果，小白很崇拜文泽哥，如果有一天，文泽哥因为种种原因不在他身边了，我也不在了，你能不能替我们照顾好他？别看他总是装成大人的样子，其实他内心挺像个孩子的。除了文泽哥，他最依赖的就是你了。"

白世琨一脸迷惑地看着我。

我意识到了这番话确实有些莫名其妙，赶紧另起话题："你也当我乱讲吧，对了世琨哥，你的理想是什么啊？"

白世琨："我的理想啊，就是希望 Sky 可以成为有名的乐队呀。"

我："那你为什么想要出名呢？为了赚更多的钱？然后拥有更多的美女粉丝？"

"嘿！你也太小瞧我了吧！"白世琨认真地说，"可能大部分人出名是为了赚更多的钱，过上让别人都羡慕的生活，但我完全不屑于此。当然能赚更多的钱是件很值得开心的事情，那意味着能够买世界上最好的乐器，去听最好的音乐会，学习到更深层次的音乐，然后创造出更好的音乐去影响更多的人。其实我挺感谢文泽的，我原本不过是单纯地喜欢音乐，和文泽一起组乐队后，他对于音乐的那些理念深深地触动了我，也激发了我对于音乐的另一种认识。我想我们四个人的理想应该都是一样的，就是希望能够有更多的人听到我们的音乐，也有更多的人能懂得我们在音乐里表达出的情绪。"

想不到平时油嘴滑舌的白世琨，在谈论起理想的时候如此认真且诚恳。

白世琨："这么和你说吧，假如让我们给一个富商的婚礼演出，能够赚到 10 万，与此同时一个面临人生重要抉择的粉丝，想听我们唱一首歌，不付费。我们四个一定会毫不犹豫选择后者，也会为可以帮助到别人而感到真正的开心，这就是我们想做的事情。”

虽然他们确实一直在做这样的事情，可我始终将信将疑。因为很多经纪公司都会打着这样的旗号来博得粉丝们的好感，所以我不太相信真的有人会这么想："不为名声，不为赚钱，也不为活得比周围人有优越感，成名就只是为了，帮助别人??"

白世琨异常坚定地说了一句："是的。"

第五节
——面具之下

时间很快到了寻宝的最后一天，仍一无所获的我们打算返回基地了。

萧白羽突然发现我的项链不见了："小鸥，你的项链呢？"

我伸手摸了摸空空的颈部，心里慌了一下："项链呢？"

萧白羽："别急小鸥，我帮你找。"

循着来时的路我们找了许久都不见项链的踪影。正当心急如焚的时候，一个女人走了过来对着萧白羽说："你是在找这个吗？"

萧白羽头也不抬地一把接过她手中的项链，兴奋地对我说："对就是这个！小鸥，找到啦！"

虽然天色已黑，可我仍然能清晰地看到，就在刚刚，女人伸手的瞬间，她的手背上有一块指甲盖大小的黑色胎记……

她又出现了！

几个月前，这个女人从我这买走了三张演唱会门票，并在"情歌兑换券"的抽奖卡上填了小白的名字。当时的我因为注意到了她手背上的胎记，悄悄地将她的抽奖卡藏了起来。没想到今天在这里又碰上了她。

萧白羽开心地把项链为我戴上："你看吧，我就说肯定能找到的。小叔说过，喜欢的东西呀，就得弄丢一次，要是命中注定是你的，兜兜转转还会回来你身边。如果不是，就算现在不丢以后还会溜走的。"一句玩笑话恰好戳中了我内心的痛楚。

"你好，我叫——"没等神秘女人做完自我介绍，我赶紧打断了她，拉着萧白羽转身朝着远处的白世琨跑了过去。
我对着白世琨喊："世琨哥！我们在这里！"

虽然及时逃离了，但我仍心有余悸。难道那个让小白苦苦等待了二十年的女人，真的出现了？想到这，百般滋味在心里翻江倒海，好像收藏了多年的珍宝突然间就要物归原主了。

　　我们四个人顺利返回了基地，三天的夺宝大战也就此告一段落，所有队伍只有黎泰宇他们完成了任务。但这仅仅是开胃前菜，之后日子的训练强度是这三天的十倍：跑步、爬山、蛙跳、接力。一个接一个的项目和军事训练几乎一致，大家的体力到后来都有些吃不消了。不过还好时间过得很快，终于到了最后两天。

　　"白羽、泰宇，你们千万不要动！"

　　在进行独木桥平衡训练的时候，黎泰宇不小心脚滑踩空，萧白羽本想拉住他却也被带了下去，两个人一同摔进了半空中的防护网兜里。本来摔一下也没什么，可令人恐惧的是，网兜里竟然盘踞着一条2米左右的蛇。所有人的心都跟着提到了嗓子眼，因为没有人知道这条蛇是否有毒，所有人也都不敢靠近，只有我们四个跟在教练后面慢慢走上桥，以便随时进行施救。

　　教练找来了一根绳子，把其中一端扔给了他们：
　　"你们先一个人抓住这根绳子，慢慢走过来，切记走路的时候动作幅度一定要小，稍有不慎容易惊动它。"

　　萧白羽："你先上去吧。"
　　谁都知道先得到救助的那个人安全几率更大，虽然萧白羽此时汗珠不停往下掉，却还是让黎泰宇先离开。

　　而平时温文儒雅，以善良著称的黎泰宇连谦让都不谦让，果断接过绳子往上爬。就在他马上离开防护网的时候，他不小心又摔了一跤，随后立马起身拉着绳子上来了。

　　盘踞的蛇被这巨大的震动惊醒了，朝着萧白羽的方向就蹿了过去。

　　"小白小心！"来不及进行半点思考的我瞬间跳了下去，用身体挡在了萧白羽前面，此时叶鹏拿着一根燃着的树枝猛地朝蛇打去，一下就把它打晕了。

　　"你们没事吧，快上来！"
　　"没事吧小鸥！"
　　"天呐太吓人了。"

　　躲在远处的大家看到我们安全之后，争先恐后地伸出手把我们拉了上去，大家七嘴八舌地安慰着我和萧白羽，却遗忘了也才脱险的黎泰宇。

　　晚上回去营地后，我在帐篷里发现了一张字条，上面写着："小鸥，22：00排练帐篷那边等你，我有特别重要的事情和你说，不见不散——小白。"

　　这熟悉的字迹？
　　我从口袋里掏出了今天捡到的一个迷你尺寸通讯录，满满的一本，记录了不同女生的姓名、星座、爱好、电话，以及，胸围尺寸……

对比纸条上的笔迹，这竟然是小白的！

一瞬间我的病又发作了，我的心开始狂跳，嘴唇开始变得冰凉，然后是整张脸、手，一直到脚底。一些乱七八糟的画面不断涌入我的脑袋里，酒精、美胸、翘臀、纸醉金迷……

原来所有的男人，都不外如此，包括天使模样的萧白羽，面具之下竟也藏着另一张面孔！

重　创

那是一段连呼吸都觉得压抑的日子。

第一节

——抢走他的一切

按照约定的时间，我去到了排练室那边。

帐篷里面黑漆漆的没有开灯，只能隐约看到一个人背对门口坐着，手里还拿了一瓶酒。

我边询问边靠近："小白？是你吗小白？"
慢慢地，那张脸清晰了，原来是黎泰宇。

"怎么是你？"我脱口而出。
黎泰宇冲着我打了一个嗝："我不是他，很失望吗？"
满嘴的酒气熏得我头晕，气氛有些说不出的诡异。

我："有看到小白吗？"

他突然一摔手中的酒瓶，起身一把握住了我的手腕："小白小白小白！你眼睛里是不是只有那个萧白羽?!"

关于他的转变我有些诧异，试图挣开他的手："你是不是喝多了？"

可他却越来越使劲地捏着我的手腕："他到底有什么好的？我为你做了这么多，对你这么好，可为什么你连看都不看我一眼?！心里只有那个萧白羽!"

原来是喝多酒后的乱吃醋："你喝多了冲我撒什么酒疯啊！放开我！"

此时的黎泰宇一副走火入魔的变态样："他到底哪里好?！我到底哪里比不上他？"与平时见到的斯文的他大相径庭。

我被他逼得只能一点一点往墙角边退。

他突然大吼一声："说啊！说！我要你说！"

"咳、咳、咳"，我被他呼出来的味道呛到了，一股骚气的浓浓的酒精味，太难闻了。

黎泰宇："他喜欢一个人都不敢当面和你说，唯唯诺诺的，他敢这么抱你吗？"说完试图强行抱住我。

被他碰到的一瞬间，我浑身的鸡皮疙瘩都起来了："放开我你这个混蛋！"

我狠狠地踢了他下面一脚，毕竟身处名利场那么多年，对付这种骚扰的防身术还是会点的。只不过他比我想象的要反应迅速，我刚跑到帐篷外面就很快又被制服了，被他按倒在地。

黎泰宇："凭什么你们所有人都喜欢他，都围着他转？凭什么只要他在，我就永远只能是他的影子？他不过就是个抛弃朋友、胆小怕事的懦夫！"

黎泰宇对萧白羽似乎充满了敌意，甚至到了仇恨的地步，但是听他这么说萧白羽，我也被激怒了："不许你这么说他！他恐怕比你这个伪君子要好上一百倍！你每天戴着一副假面具在大家面前惺惺作态，仗着自己的身世在公司里作威作福，靠着一张还算俊俏的脸，唱歌走音却还能收获一大批支持者！想必那本恶心至极的通讯录就是你的吧！像你这样的人根本就不配和小白做比较。是啊，我确实不愿意多看你一眼，因为，恶心！"

"啪！"他给了我一记耳光。

黎泰宇："你知道什么！他根本就不像你们看到的这么单纯！他才是个虚伪的浑蛋！我答应过自己，我要抢走他所有的一切！所有他在意的一切，我都要一点一点从他的生命里拿走，包括你！"说完他开始强吻我。

我拼命反抗："啊！滚开！滚开！放开我你这个浑蛋！"

一阵拉扯中，他扯断了我脖子上的项链，随手扔进了旁边的火堆里。

"浑蛋！"

"咚！"一个重重的拳头猛地打到了黎泰宇的脸上，然后就是不由分说的一顿揍。

白文泽和黎泰宇厮打在了一起。

"浑蛋！

"畜生！

"你再碰她一下试试！"

一拳、两拳，每说一句便重重地打向他，每一拳都能出一个深深的红血印…

不久黎泰宇整个人就蜷缩在了地上，动弹不得。

怕出事情的我，费了很大的力气把白文泽拉到了旁边："文泽哥，文泽哥别打了！算了算了！再打会打死他的！"

黎泰宇被打得有点神志不清了，起身的瞬间不知道从地上捡起了一个什么东西，放在了耳朵里，然后晃晃悠悠地说："我说过，我一定会……抢走他的……一切！包括你！"他指着白文泽说。

黎泰宇："你也是！"

他的手又指向了我，涨红的眼睛充满了血丝，有点像我梦里见到的那双眼睛。

狠狈的黎泰宇一瘸一拐地溜掉了。

白文泽冲他大喊："今天就给你点教训！下次要是再敢碰小鸥一下，绝不这么轻易了！"

幸好白文泽刚巧路过排练室，不然真不知道会发生什么样的事情，想到这里，我打了个冷颤。

他连忙把外套脱下来给我披上："没事吧小鸥？"

此时的白文泽，像是保家卫国凯旋的大将军，满载了一身荣光。

我想起拉扯中被扔到火堆里的项链，赶紧拿起一根树枝开始翻找。

"不可以，不能不见的，不能找不见的。"我一边念叨一边翻搅里面燃着的木堆。

终于在被火光照得眼睛几乎快失明之前，我发现了它："在这里！太好了！"

我把它挑了出来，然后迫不及待地伸手想掸去上面的灰，却在皮肤接触到的一瞬间被项链的高温重重地烫了一下："啊！"

掌心瞬间被烫得麻掉了。

　　白文泽看到吓了一跳，赶紧拿一瓶矿泉水浇在了我的手掌上。虽然伤口很痛，但看着那条失而复得的项链，我心里仍有无法掩盖的开心。

　　回到帐篷里的我，躺在床上怎么也睡不着，手掌上残留的高温仍然剧烈炙烤着我的皮肤，脑海里不断重复上演着刚才排练室的惊魂一幕：

　　"我答应过自己，我要抢走他所有的一切！所有他在意的一切，我都要一点一点从他的生命里拿走！"这句话，让我不寒而栗。

　　"他根本就不像你们看到的这么单纯！"
　　黎泰宇为什么会这么说？难道小白真的隐藏了不为人知的一面？他到底想要和我说什么？

　　我突然起身："不对！他有问题！"

第二节
——无声的道别

　　我突然想起在二十年前有一个叫作黎诺海的歌手，凭借一首原创歌曲火遍全国。后来因为没能继续写出好的音乐，就转向荧屏当演员了。他那首成名曲，就是这段时间白文泽为新专辑写的主打歌！如此说来，也就终于可以解释得通，为什么这首歌从未在 Sky 专辑中听到过。

　　想着想着心里慌乱起来，这可是文泽哥几个月以来的全部心血啊，这可怎么办！

　　虽然已经知道了结局，但我还是赶紧起身跑去找白文泽，希望能挽回点什么。来不及解释太多，我和他们说是因为偷听到了黎泰宇的电话，从而得知黎泰宇想要偷那首歌给自己用。

　　我们回去排练室翻了个遍，却怎么也找不到曲子的手稿了，黎泰宇住的帐篷同样也找不到人。

萧白羽像头慌张的小鹿，不断问白文泽："小叔，怎么办啊？咱们可是花费了好几个月的时间写这个曲子啊。"

白文泽镇定地说："明天先回公司再说吧。说明这个情况，然后试着以最快的速度提前发行。我们先不要自己乱了阵脚。"每次遇到事情，白文泽的稳就是大家的定心丸，但他内心的波涛汹涌，也只有他自己知道。

第二天一早没有任何意外地，大家收到了黎诺海发布新歌《陪在你身边》的消息。这首歌一夜之间刷爆了各大音乐台的排行榜，从街头席卷到巷尾。黎泰宇以黎诺海的名字正式出道成为歌手。如此全方位的宣传和快速蹿红的速度，显而易见，一切早已策划好。甚至有可能他从一开始加入 Sky，就是为了盗取他们的作品给自己用。

"还真是个不折不扣的浑蛋，昨天真应该多踢他几脚！"我在心里想。

"诺海……"萧白羽在听到这个名字之后眼神就有一些飘忽，回去公司的大巴车上，一语不发地望着窗外不知道想些什么。

一回到公司，白文泽就带着其他三人，一起冲进了老板办公室，像是四个点了引子随时会引爆的爆竹。

白文泽质问道："这是什么意思?!"

老板轻声地说："你在说什么？"

暴跳如雷的叶鹏大喊："别装糊涂了！黎泰宇那小子水平怎样你不知道吗？！他能写出来这样的歌吗？那首歌明明就是我们写的！为什么单独给他自己发表了？！"

老板缓慢地说："哦……你们说那首歌啊，那是 Sky 写的对吧？"

萧白羽："对，就是我们写的！"

老板不再继续装作听不懂，而是合情合理、理直气壮地说："是啊，这首歌是 Sky 写的，当时泰宇也是你们 Sky 的成员对吧？所以他发表乐队的作品有什么不对吗？"

萧白羽急着争辩："不是这样的，你这是在乱讲道理，这首歌明明是小叔写的。"

老板依旧不慌不忙："大家都成年人了，一些道理不用我讲得很明白给你们听了吧？你们有证据呢，就去告他，没证据的话就安安静静地给我出去做新的音乐。总之现在的事情就是这个样子，黎泰宇单飞出道，发表曾经在乐队时期创作的歌曲。"

白文泽一拍老板的桌子："这些都是你事先计划好的对不对？！安排他加入我们，就是为了偷走我们的作品！"

老板的态度也强硬了起来，厉声厉色地说："什么偷不偷的，别说得那么难听！只不过是一首曲子而已，你们再写就是了。只要你们乖乖听话，公司还是会如期帮你们制作新专辑，也会给你们举办演唱会的。这首曲子就当作是你们刚进公司为公司做的一点点贡献了。人要懂得知恩图报，看清形势，别忘了这个公司谁是老板。"

把压榨员工说得如此理直气壮的人渣老板，真是到哪个时代都存在。

白文泽："什么叫只不过是一首曲子而已？像你这种不懂得尊重音乐的人，根本不配当我的老板！"说完扭头走了。

白世琨："流氓不可怕，可怕的就是你这种斯文败类！"

叶鹏愤怒地拍了下桌子说："人渣！呸！"

萧白羽："你这样对待别人，窃取别人的劳动成果，自己也会有报应的！"

四团刚为理想燃着的火苗，就这样就被现实浇来一盆冷水。

"绕了一圈，又回到了这里。"

几个人抬着乐器，又回来了最一开始的排练室。

曾经的我们，一心想要离开去寻找新的起点，以为走的那天就是和过去的彻底诀别，没想到的是，外面风大雨大，兜兜转转了一圈，还是回来了起点。

现实对于他们的打击，这仅仅是道开胃前菜，人生一旦开始走下坡路的时候，就会一路都是下坡。

为了和唱片公司解约，他们欠下了一大笔债，公司老板利用自己的权势在整个圈内封杀他们，完全不给他们任何上台演出和重新签约的机会。四个人因此过了一段连呼吸都觉得压抑的日子，不工作也不出门，每天窝在屋子里埋头排练、写歌，然后时不时地互相争吵几句。

而黎诺海却在发布新歌后一举成名，成为了万千少女的梦中情人。

"文泽，我爸爸的酒店现在正需要一个大堂经理，要不你过去试试吧？"白文泽的女朋友 Lydia（莉迪娅），小心翼翼试探着说。

白文泽想都没想地拒绝她说："不去了吧 Lydia，大堂经理不太适合我。"

原本是好心却被果断拒绝的 Lydia，所有委屈一下子爆发了："那什么才适合你呢？还继续玩音乐吗？之前玩玩也就算了，可你看看现在的生活呀，又不稳定，又没有收入。原本以为签了唱片公司，情况就会好点。可是你看，事实证明普通人做音乐这条路是走不通的，你不是富二代，也没有黎诺海的关系和背景，怎么在圈子里混呀？我们只不过是普通人而已。爸妈今天又问咱们什么时候结婚，可是你看现在的样子怎么结婚啊？我不是反对你玩音乐，你可以把它当成爱好。所以你能不能找一份正经的工作，我们先把婚结了。文泽，为我考虑一下可以吗？"

看到白文泽沉默不语，Lydia 缓了缓语调："音乐和我，你选一个吧！"

说完头也不回地走掉了，留下白文泽一个人默不作声地站在原地。

那一天，白文泽不知道一个人在原地站了多久。

一个小时，两个小时，三个小时……

其实有时候女人的离开，并不是真的想要离开，而是希望男人可以挽留，以证明自己的确占有非常重要的位置。

只不过，那一天，他没有追过去。

所以女人，就再也没有回来了。

晚上的时候白文泽一个人回了排练室，抱起吉他把庆功宴那天随手弹的音乐，填上了词。

我不知道他站在原地的那几个小时，是怎样的心情；也不知道他有没有在坚持理想和向现实低头中反复纠结。

或许他一早就有了答案，站在原地的那几个小时，只是在和这段无力挽回的感情做着最后的道别。

爆 红

周而复始的悲剧循环之外，

总会有一束光照亮人生的另一种可能。

第一节
—— 黑暗中的一束光

Lydia 爸爸酒店的活动，最后还是请了 Sky 来演出。这是这五个月以来，Sky 接到的第一场演出，也是 Lydia 在彻底离开白文泽之前尽的最后一丝情意。

白文泽抱着吉他，深情款款地唱着那首《想你的每一天》。

台上的人唱得动听，
台下的人听得动情。

冥冥中，很多恋人，虽然彼此深爱着对方，却也可能会因为这样或者那样世俗的原因，最后不得不各安天涯。毕竟，爱和适合始终是两件不同的事情。

看看白文泽，再看看旁边一脸天使模样，心无旁骛认真弹着贝斯的萧白羽，我的心似乎也泛起了阵阵波澜。

白文泽动情的演绎，打动了台下听歌的人，包括一家经纪公司的老板 Daniel（丹尼尔）。

"你们好，我是鲸娱公司的老板，我叫 Daniel，请问你们有兴趣来我公司聊一下吗？"

第一家公司的不愉快经历，使得四个人变得小心谨慎起来。

他们并没有像第一次那样迫不及待地又蹦又跳，而是你望望我，我望望你，面面相觑地害怕重蹈覆辙。

但 Daniel 的出现，让知道后续事情走向的我无比兴奋，连忙帮他们答应了下来："没问题，明天贵公司见！"

周而复始的悲剧循环之外，总会有一束光照亮人生的另一种可能。

经历了漫长黑暗的 Sky，终于要迎来属于他们的光辉了。

Daniel 是一个很好的老板，他会给旗下艺人足够多的空间，让他们可以按照自己的意愿和特点进行创作。遇到伯乐的 Sky，一口气创作了二十三首歌，励志的、青春的、缅怀的、批判的、情绪化的、有态度的，这里的每一首都是后来火遍大街小巷的金曲。

饭桌上，萧白羽开心地说："明天就要正式发行咱们的第一张专辑了，好开心呀！"

白世琨紧跟着说："是啊，这一刻就觉得之前经历的困难根本不算什么。"

就在大家七嘴八舌表述自己激动心情时，我注意到了一直沉默不语的白文泽。

我："文泽哥，你怎么不讲话？"

"嗯……"白文泽想了想，然后缓缓地说，"我在思考一个问题。"

我："什么问题？"

白文泽边思考边讲："我总觉得这张专辑中还少了些什么。不是说里面的歌不好，只是差了那么一点东西在里面。"

萧白羽好奇地问："差了什么呀？"

白文泽："不太好讲，或许，就少了那么一点点的灵魂……"

听了白文泽的话，大家瞬间变得安静。

白文泽说的灵魂是什么？我努力回想 Sky 纪录片，试图帮他快一点找到所谓的灵魂。

此时电视机里开始播放今天的新闻：

"昨日，鹿头山地区发生山体滑坡，导致大量房屋坍塌，目前已有 23 人死亡，81 人重伤，174 人失踪……"

萧白羽："鹿头山？不就是咱们之前训练过的地方吗？哎，怎么会这样。"

我终于知道白文泽说的灵魂是什么了！

"不如去那里看一看！"
"咱们送一些物资过去吧！"
我和白文泽又是几乎同时说出了一样的话。不过这个想法遭到了公司总监朱莉姐的强烈反对。

朱莉姐："我的小 honey（甜心）们！别人遇到这种事情都避之不及，你们却偏要自己上赶着过去！你们有没有想过万一再次发生山体滑坡怎么办？情况必将 terrible（糟糕）!!"朱莉姐负责公司所有艺人的统筹安排，她最喜欢的讲话方式就是将中英文混杂起来。

白文泽："目前来看那边的灾情真的很紧张，那么多人一夜之间失去了家园，他们肯定很需要别人的帮助，我们去一趟就回来，不会耽误接下来的行程。"

朱莉姐看白文泽一直坚持，只好退一步说："哎，好吧，也难得现在的艺人，能有你们的这份心意，你们把物资准备好，我找两个司机帮忙送过去，你们就别过去了，那边的情况依然很 dangerous（危险）。"

白文泽立马回绝说："不行！他们也有家人，我们可以自己开车去。"

朱莉姐一听也立刻厉声厉色起来："No way！It′s funny！（没门！太可笑了!）万一你们出点什么事情，公司怎么办？你们这一个个娇嫩的小脸上，万一有点什么伤，接下来的宣传怎么办？停工赔钱吗?"

两个人被对方说得都有些生气了，我在中间把他们拦了下来："姐姐，你先别着急，其实他们这次的行程，未必是件坏事。"

我把朱莉姐拉到了旁边，握着她的手，小声地说："姐姐你看呀，你自己也说了，发生这种事情大家一般都往后躲，最多就是捐个钱，还没有哪个艺人亲自送物资去过灾区。你看现在全国上下都在关注着鹿头山的最新进展，一旦他们去灾区的事情被曝光了，一定会得到大家的关注，收获赞美与声誉。甚至如果他们受了伤，伤得越重，大家的好感度反而越高。对吗姐姐?"

朱莉姐认真想了想我说的话："倒是在理！可是妹妹啊，舆论这种事情谁能说得好，万一到时候被大家说成是作秀，该怎么办呢？岂不是偷鸡不成蚀把米。成了 stupid

（愚蠢）的行为?"

听完朱莉姐的话，我在心里暗自窃喜：谁能操控舆论？当然是我了！

于是我不慌不忙地说："姐姐考虑得就是周全，所以我们万万不可自己带媒体过去，也不可自己主动曝光。反而我们要对这次的行程绝对保密，甚至连司机都不能带，只是我们几个人悄悄送一些物资过去。灾区那边媒体很多，只要稍微'不留意'一下，被那边的媒体发现，那这整件事情的意义就完全不一样了。事后我再以粉丝的口吻去写一封赞扬信发到网上，相信这件事情一定会为他们赚足口碑。到时候连新专辑宣传的费用都省下来了，何乐不为?"

朱莉姐听完，瞬间开心了，走过去拍了拍白文泽的肩膀说："没想到你们这么 clever（聪明），是姐姐误会你们了！刚刚态度不太好向你们 say sorry（道歉），你们就放心去做吧，一切有姐姐呢，记得要注意安全!"说完便出去帮我们安排车子了。

看到朱莉姐的前后反差，萧白羽好奇地问："小鸥，你和她说了什么呀？她竟然同意了，而且还向我们道歉了耶。你好厉害呀。"

我心虚地笑了笑说："我刚刚和她说这次行程所有的费

用都咱们自己来出，而且回来后免费帮公司演出一场，她看到公司有钱可赚，而且咱们也是在做一件好事情，就答应啦。"

我永远都不希望白文泽听到我刚刚和朱莉姐说的那番言论，那种违背了此行初衷的理由，一定会被他们所不齿。

准备了两天后，我们五个人载着一车食物与帐篷，出发去了鹿头山。

"咳咳咳，天呐这是什么鬼地方！"经过四个小时的车程后终于到了，一下车就迎面袭来了一股刺鼻的腐臭气味，让我一时之间言语冒失，白文泽听到后瞟了我一眼。

几个月前我们才来过这个地方，当时的这里青山绿水，鸟语花香，好像一处静谧桃源。可如今映入眼前的，是一片片被埋的废墟，还有一双双惊慌的眼睛。如果不是亲眼见证过这里的繁华与落寞，便无法体会到人类的渺小，灾难的无情。安置区里充满了汗味和人肉味，很多不认识的人被迫挤在一个狭小的帐篷里。

我从包里掏出面包，拿给身边的几个孩子。一个孩子举着脏兮兮的小手胆怯地刚想拿走，却突然转身躲到了大人的身后。

萧白羽看到后一脸无辜地说："他们好像是惊吓过度了，真的好可怜。"

"是呀，他们可能还没有缓过来吧。"我愧疚地附和着说，其实刚才这个孩子身上实在有着难以忍受的异味，我没忍住眼神流露出了一丝厌恶。孩子应该是刚好捕捉到了这一丝表情的变化，吓得跑了回去。

五个人里面，只有我从一到这里，就显得很不适应。他们四个很快和大家打成了一片，一起搭建帐篷，分发食物。

白文泽拿了几个面包，给了还在不停工作的消防员，几天几夜的高强度工作让他们明显体力不支，嘴唇都有些发白了。白文泽和他们聊了很久后，拿起吉他，在纸上写写画画。不到二十分钟的时间，一首宏伟的、心怀天下的、被传唱至今的音乐《守卫》，诞生了！

白文泽一边弹着吉他，一边教所有的难民唱这首歌，他的善意，从眉间流淌到眼角、鼻尖、嘴巴、喉咙、手指，流淌过全身上下，流到那一双双惊慌的大眼睛里……

在他的歌声中，我也终于明白，此行的目的不仅仅是给大家带来食物，更是带来支撑着每一个灵魂继续走下去的精神食粮。无论是辛苦奋战在一线的消防员，还是遭受了灾难的人们，此刻，都出现了一个天使，给他们带去了光明。

一张张已经僵硬了不知多久的混杂着泥土的脸，渐渐露出了一个个阔别已久的笑容……

第二节

——派对的目的

鹿头山一行如期被媒体曝光，被大家颂扬。Sky 也在同一时间推出了新专辑，于是他们势如破竹地蹿红了。

电视里、广播里、报纸上、杂志上，大大小小的媒介，铺天盖地都是他们四个人的名字。

"恭喜 Sky 获得年度最具人气歌手奖！"

"最受欢迎金曲奖的获得者是 Sky！恭喜 Sky！"

"最佳作曲奖白文泽！"

当理想终于照进现实的一刻，或许就是生命中最美的一刻了。这是第一次，真的是第一次，让我切切实实感到了理想带来的幸福与意义。眼看着一切都渐渐好了起来，通告也越来越多，可白文泽的脸上，始终挂着一丝不具名的忧虑。

排练室里 Sky 正在为新歌做修改：

"这首歌这样弹还不错耶，小叔你听。"

"对，这样改好一点，咱们再来一次。"

推门而入的朱莉姐打断了排练：

"我的小 honey 们，你们先别练习了，快去 prepare（准备）一下，晚上一起出席 Tyler（泰勒）哥的 party（派对）。"

萧白羽："又要去参加派对？可是我们正在排练一首新歌。"

白世琨企图用确切的数据来推掉这次活动："是呀朱莉姐，不算上个月，光这个月已经是第七场了，今天也才九号！可不可以不去，我们都没时间练习新歌了。"

不过这些天真的理由在强势的朱莉姐面前，并没有起到任何作用："Of course not！（当然不行！）我的小天真！你知道我为了给你们搭上 Tyler 哥这条路，托了多少人吗？没有 Tyler 这个大'金主'，你们拿什么 money（钱）去出新的 album（专辑）和开 concert（演唱会）呀？如果现在不去的话，接下来的演唱会你难道要自己掏腰包吗？"

眼看着又要呛起来了，我急忙上去拉走她："姐姐，他们知道了，你先回去吧，我们准备一下马上就好。"

朱莉姐："这样才对嘛，只不过安排他们去参加个 party，又没有安排多么过分的行程，大家一起吃吃喝喝，轻轻松松就能赚到钱，so happy（那么开心），多开心呀！真不明白他们为什么总是不愿意去，公司多少艺人都求着我给介绍这种社交场合。But l don't care!（不过我不在乎！）还不都是把你们当成我最亲的弟弟妹妹来对待吗？哎，可怜了姐姐我这份心意呀。"

对付朱莉姐这类人，我又重拾了社交场那一套："没有的事情姐姐，我们一直都知道姐姐对我们的心意，他们也常常提起来你的，一直说多亏了你的关照他们才有今天的。你也知道男孩子有时就是不会表达自己情绪，他们没有那个意思啦，你就别和他们计较了。"

"我就说妹妹你是一个聪明人，也最懂姐姐我的心思了，他们有你在身边帮忙，真的是他们的福气。"朱莉姐笑了笑对他们说，"好了那不打扰你们排练了，记得准时来哦。哦，对了，小鸥你也一起来，记得打扮得漂亮一点。"说完"砰"的一下关上门走了。

空气凝结了五秒钟。

叶鹏的火"噌"的一下从脚底板蹿上头顶："所以呢?!现在是怎样?!感觉自己成了提线木偶，让去哪儿就去哪儿，让干吗就干吗!"

萧白羽温声细语地低头感慨道："是啊，昨天去拍电影，前天被拉去录了个综艺，大前天还有大大前天，一口气参加了七个派对，这样下去哪里还有时间专心做音乐啊！"

大家满心不爽却毫无办法的样子，像极了成名之后的程百洛。各种派对和应酬是每天必须拿出一百二十分精力去应对的头等大事，自身专业反而成了可有可无的工作。

我叹了口气，摇摇头说："哎，没办法呀，如果想在这个圈子里生存，就要遵守游戏的规则，适者生存。每个人都要遵守的，没有一个人可以逃脱。"

白文泽用责备的眼神看了我一眼，深吸口气说了句："走吧！"然后放下手中的吉他，整理了整理衣角，推门出去了。

晚上的派对，来参加的人不是哪个唱片行老板，就是某个当红明星。每个人都打扮得花枝招展、时尚入流，就算是一个装饰的纽扣，也都是设计师精心搭配过的。

朱莉姐："honey 们，给你们介绍一下，这个呢就是我常常和你们提起的，咱们圈里的传奇人物 Tyler 哥，他的每一桩事迹简直都可以作为成功学的教科书了。So successful! （太成功了！）你们待会儿呀，记得要多跟 Tyler 哥请教请教经验，好好把握这次难得的机会。"

朱莉姐的甜言蜜语哄得 Tyler 扬扬得意。

Tyler 把旁边的一个姑娘叫了过来说："琪琪，来，看看是谁来了！"

"爸。"
修长的双腿、凹凸有致的身材、雪白的锁骨、水润的双唇、灵动的眼睛，以及手背上的那块十分刺眼的黑色胎记……

又是她！
再次见到这个神秘女人的我，心里各种情绪交织。

Tyler 对这个神秘女子笑了笑："你不是一直很喜欢他们的音乐吗？"
然后对 Sky 四个人说："这个是我的女儿琪琪，自从你们出道以来她就特别喜欢听你们的音乐，尤其是白羽，你每次在荧幕出现的时候，她的眼神就没法从你身上移开了，哈哈哈。"

神秘女子撒娇地说："哎呀，爸，你瞎说什么呢，人家哪有嘛。"
然后对萧白羽说："你好，我叫唐琼琪，你可以叫我琪琪。"
唐琼琪对萧白羽伸出了一只手，纤细白嫩的肌肤上，赫然一块黑色胎记。

萧白羽好像认出了她："咦？我们之前是不是见过呀？"

女子咬了咬嘴唇，害羞地笑了，性感丰满的双唇即使让同性看了也有种想品尝一下的冲动。

朱莉姐立马见风使舵说："呀，你们快看，俊男配靓女，两个人往一块儿一站吧，怎么说呢，就好像一道靓丽的风景线，太让人感受到视觉享受了，beautiful（美）。Tyler哥，您是怎么把姑娘养得这么好看的？"

萧白羽听到这里脸上露出了一丝尴尬，用无辜的眼神看了看我，然后身不由己地被朱莉姐强拉着和唐琼琪跳舞去了。

看着"金童玉女"般的他们，我的心里像有一万只蚂蚁在咬。如果我还是程百洛的话，此刻一定会把小白抢过来和我跳舞吧！如果我还是程百洛的话，我怎么可能只是舞会里的一个配角！如果我还是程百洛的话……

此时朱莉姐幽灵一般出现在我眼前，用她那张擦了一袋"面粉"的大脸挡住了我和萧白羽之间的目光交流："欸呀我的好妹妹，你还站在这里干吗呀，赶紧陪Tyler哥跳支舞去。这是多少少女梦寐以求的事情呀，快去快去！"

朱莉姐话音未落，Tyler 的那双大油手就放到了我的腰上，那张凹凸不平色眯眯的脸也已经贴得我很近很近了。其实这种场景我不是第一次碰到，当我还是程百洛的时候，我和搔首弄姿的朱莉姐差不太多。甚至被 Tyler 这种著名企业家占几下便宜，就是我参加这种派对的目的，因为只有这样，成名路上才会越走越顺。

只不过，我不是程百洛很久了，就在我刚要抬起手臂推开他的时候，心底却发出了制止我行为的声音："忍忍吧，你这么一推，Sky 的前程估计也完了，文泽哥辛辛苦苦取得的成绩，又要面临归零的危险了，你不能这样做！被摸几下，占几下便宜没什么的嘛，也不是只有你自己这样，大家都如此……"

就在我刚要陪 Tyler 跳舞的时候，白文泽来询问明天的日程安排，把我叫走了，替我解了围。

白文泽突然对我说："小鸥，你有理想吗？"

"嗯？文泽哥？"

第三节

——没有情感的打字机器

凌晨一点，纸醉金迷的派对终于结束了。

大家迷迷糊糊、晃晃悠悠地坐上各自豪车，回家去了。

而我跟着他们四个又回去了排练室。

我强忍着精神，在旁边哈欠一个接一个，打到大脑快缺氧，可他们四个依旧精力满满地又唱又跳。

已经数不清这是第几个通宵排练的夜晚了。

看到他们对音乐的痴迷，除了心疼，还有敬畏。

白文泽像个大家长一样分配任务：

"好了，今天就到这吧，大家赶紧回去休息，几个小时后我们又要去录节目了。"

萧白羽："小叔你不走吗?"

白文泽："你先回去吧，我一会儿就回去了。"

　　凌晨三点钟，白文泽让大家都回去睡觉了，自己却一个人独自在排练室外面坐了下来，抬头望着天上零零散散的星光，留下一个孤寂而伟岸的身影。

　　我在他旁边坐了下来，一起抬头望着天上星星。

　　"小鸥。"白文泽突然叫了我。
　　我扭过头看他："嗯？"
　　他抬头看着夜空说："你有理想吗？"

　　没想到他会突然问我这个问题，此时我要怎么回答他呢？
　　说有？可我真的没办法再说出当作家是我的理想了；说没有？那他会不会瞧不起我？
　　我被问得哑口无言。

　　他继续说："有时候我觉得你和我是一样的，对理想有着自己的态度与坚持，可有时候我又觉得是不同的，觉得你和大多数人才是一样的。"

　　我看着眼前这个男人，心里自然有说不出来的千言万语，我深吸了一口气："其实，在我的家乡，我是个很有名的'作家'。上学的时候，我的理想就是成为一个著名作家，那时的我觉得作家是一个崇高的职业，可以仗义执言，

写尽天下不平之事，歌颂世间很多的美好。可是当这一切
真的成为现实的时候，我却发现自己并没有想象中那样开
心，反而压抑得患上了很严重的病。所以文泽哥，你说，
理想它到底是个怎样的东西啊？没有的时候千方百计想要
得到，拥有了反而还不如最初的时候开心快乐。"

白文泽："理想，是一个值得一辈子去追寻的东西。"
他看了看我继续说："著名作家的理想，我想刚开始你
是希望自己成为作家，而后来，你变得只希望是'著名'
了吧。"

我："可是只有出名之后，才会有更多人看到你写的文
字，出的作品，不是吗？"
白文泽："是啊，那你出名之后，写的东西和之前还是
一样的吗？"

我："那是因为后来的一切，让我身不由己。"
白文泽："就像我们现在这个样子吗？"

我："对，就像你们现在一样，为了更好的发展，被迫
参加一些毫无意义的派对，而我是被迫写一些不想写的
文章。"
我看了看白文泽，然后问了他一个问题："文泽哥，问
你个问题，你难道，就没有一刻犹豫过吗？这个世界所有

人都在遵循着同一个生存法则，并且都乐此不疲，唯有你自己是异类，不求名利只想做自己的音乐。可是很多事情都会阻碍你，你难道没有想过要和大家成为同类吗？那样一样也可以做音乐，阻碍会少太多。"

白文泽："从未动摇。"

他看了看我，不紧不慢地说："其实我们四个人，想的都一样，一心只想做好自己的音乐。以前，每写一首歌我们只会考虑它能代替我们传递给大家怎样的情绪，是否能倡导一些正确的、值得去做的事情。从来没想过以大众喜好为前提去创作某首歌曲。当一个时代出现问题的时候，大部分人都选择装聋作哑，视而不见，但是我们不行，我们做不到。所以我们真的什么都敢写的，批判这个世界的问题、批判花瓶一样的明星，也批判阿谀奉承的风气。可是后来发现，这样只会得罪更多在社会上拥有权力的人，于是我们被威胁、被诽谤、被黑幕，不同势力都想让我们闭嘴。或许顺势而为的确会好过许多吧。只是……"

白文泽看了看我继续说："只是相信后来的你，在变成一个迎合大众的打字机器之后，心里没有真正地开心过吧？"

打字机器？我第一次听人用这样无比准确却又刺耳的词来形容我。

　　白文泽："这个世界，本身就不是很太平，我希望能够通过音乐的力量，来号召大家一同关注某些问题，哪怕只能唤醒一颗沉睡的心，也不枉我们一路坚持。"

　　白文泽："我希望这个世界，是一个和平的，充满爱的世界。"

　　一晚上，我都在听白文泽诉说着自己的理想。

　　突然他叹了口气说："哎，可是乐队现在好像进入了一个错误的阶段，如果继续待在国内的话我怕……"

　　没等他说完，我立马打断了他："不行！"

　　我的态度让他吃惊了一下："我还没说完，你难道知道我要讲什么吗？"

　　我："不管你要说什么都还是不行！国内挺好的，而且忙碌也只是暂时的，等过两年你们的人气没这么高了之后依旧可以安心做音乐！国内是最适合你们发展的地方。"这是我第一次用如此强势的语气和白文泽讲话，丝毫不留商量的余地。

　　白文泽缓缓地说："可是，越来越多的应酬让我有一点慌了，你也看到了，现在每天只能半夜来排练。"

　　白文泽叹了口气继续说道："就像明天白天的录像，我已经拿出坚定的态度拒绝了，可公司却拿两年不允许出专辑作为要挟。每次都是这样，只要我拒绝，都会有各种理由来强迫我低头。我不能让乐队再陷入去年那种黯淡无光的日子，但我也不能看着大家一步步与理想背离。长此以往，哎，真不知道会变成什么样子。"

　　我知道他在怕什么，但无论如何我也不能让他去其他地方发展，因为我知道接下来的所有事情。

　　"文泽哥，你一向说什么我都支持，但唯独这件事情没得商量！虽然我知道你有自己的考虑，可是只要我在我就会全力阻止。"

　　我的严肃让白文泽深锁了一下眉头。

　　白文泽："为什么？"

　　我："理想有时候不只会带来满足感，也会伤害到我们，并且有些伤害是无法弥补的。好了文泽哥，赶紧回去休息吧，等会儿还要录像。"

　　我把所有悲伤的情绪都忍在了转头的一瞬间。我一直担心的，终究还是来了……

迷　失

顺势而为或许是这个社会不变的定律。

第一节

——人设崩塌

接下来的日子里，Tyler 哥不仅给 Sky 投了一大笔钱让他们开演唱会，更是帮忙介绍了非常多的演出，Sky 也因此变得越来越忙。而 Tyler 哥的女儿唐琼琪几乎每天跟着我们到处飞，准确来说是跟在萧白羽后面形影不离。Sky 的名气越来越大，粉丝也越来越多，白文泽虽没再提过他的出国计划，但脸上的笑容逐渐消失了。我也在这忙碌的日子里，与他们一起分享着快乐与压力。眼看一切似乎都在朝着好的方向发展，直到一件事情的爆发，打破了所有的平衡。

"你好萧白羽，请问关于你对黎诺海做过的事情，有什么想说的吗？"

"你有什么想对黎诺海说的呢？有没有想过为曾经的错误向他道歉？"

"请问你心中有过悔恨的时刻吗？"

"报道说的都是真的吗？你真的对黎诺海做出过如此过分的行为吗？"

"你给大家的印象一直都是乖乖的邻家大男孩，那么你会如何回应此次的人设突然崩塌呢？"

刚从录音棚走出来，我们就被一群记者围住了，一个个尖锐的问题统统抛给了一脸无辜的萧白羽。

我们几个互相看看彼此，一头雾水地冲着对方眨巴眼睛。萧白羽深吸了一口气，刚准备说些什么，被我一下子挡在了前面："不好意思啊，他们刚刚录完像现在非常累，一口水都还没有喝到，先等他们去喝口水吧好不好？有什么问题一会儿再问，不好意思。"

我们几个把萧白羽护在了中间，穿过拥挤的记者，把他安全护送上了车。

白世琨关心地问："这是什么情况？刚刚记者在说什么错误什么黎诺海，你和他之间起过什么冲突吗？"

白文泽："白羽，说出来一起帮你想办法。"

大家关心地问着，萧白羽却一直低着头沉默不语。

此时助理打开电脑，看到了弹出来的各种头条新闻，对我们喊：

"老板你们快看今天的热点新闻，《惊爆！萧白羽小时候竟遭绑架？害死同行小伙伴？》，全都是欤，每个平台都是头条……"

文章大致内容为：据知情人士爆料，萧白羽和一位好友在小时候曾遭到绑架，萧白羽为脱离险境不惜与绑匪串通，害得同行伙伴被砍掉一根手指后持续高烧，最后被遗弃在荒野外的杂草中。幸好有一农民经过，该同伴才获救，而这个差点丢掉性命的小伙伴正是如今当红的国民偶像黎诺海。萧白羽乖男孩人设崩塌，竟是蛇蝎心肠……

整篇文章用词用句，犹如一把把刀，字字锋利。不知情的人看了，有种想给萧白羽寄刀片的冲动。网上的舆论一窝蜂地帮着黎诺海来攻击萧白羽，很多 Sky 原本的粉丝因此倒戈，后悔自己年少无知不懂识人。更加戏剧性的是，这篇杀伤力和煽动性兼备的文章，正是一年前被我写在笔记本上的那篇，只不过我当时不知道那个男生就是黎诺海。

Sky 的生活因这篇突如其来的报道掀起风波，公司要求萧白羽召开记者会澄清事情的"真相"并把责任推给黎诺海，说自己才是受害者。可萧白羽始终一语不发不肯做出任何回应，公司无奈只能暂时对他们进行雪藏处理。看着偶像不出来发声，Sky 和黎诺海的粉丝便自动形成两个声势浩大的对立阵营，不但在网上开战对骂，现实生活中更是经常大打出手。

　　萧白羽把自己关在屋子里不肯见人，头发和胡须在那张干净的脸上肆意生长。而他似乎知道这篇稿子出自我之手，自从事情发生之后就一直有意无意地避开我，我好几次想和他解释都找不到机会。

　　黎诺海第一次在公开场合把左手的手套摘了下来，原来他的小手指在很小的时候就被切断了。他在媒体面前表示自己对于当年的事情已经释怀了，希望大家不要再对萧白羽进行人身攻击，如果萧白羽愿意出来对他说一声抱歉的话，他愿意继续把萧白羽当成好朋友，以前的事情也都可以既往不咎。

　　很多之前反对 Sky 的社会团体，趁机火上浇油，企图让Sky 彻底消失在乐坛。

　　寥寥几笔，便将两个少年的人生彻底打乱，没人在意当年事情的真相究竟是什么，大家只知道乖男孩人设崩塌这件事情，可以成为茶余饭后的八卦谈资。

　　而我，经过这件事情也终于明白，顺势而为或许就是这个社会不变的定律。相比程鸥，或许程百洛才更适合这个世界。于是我换上了一身性感睡衣，拿了一瓶红酒去找了黎诺海……

第二节

——因果轮回

我和黎诺海约在他家见面，他一开门看到浓妆艳抹的我，冷笑了一声："哟，白莲花，你打扮得这么迷人来这里干吗啊？这里可没有你的小白弟弟。"

我进屋直接坐在了客厅的沙发上，打开了红酒瓶，倒了两杯出来。

我："今天，我和萧白羽承认了那篇稿子确实是我写的。我骗他说是因为我受到了威胁，我还说如果他在媒体面前说出事情真相的话，那些人是不会放过我的。你知道的，他是爱我的，所以我肯定他不会在媒体面前乱讲什么。所以诺海哥，你可以放心了。"

黎诺海看我帮他堵住了萧白羽的嘴巴，得意地说："哦？你真的舍得你的小白如此这般被大家唾骂？"

我冷笑了一声，然后递给他一杯酒："呵呵，他受唾骂，与我无关。自始至终我都没对他动过心。要知道，在我的心里，第一国民偶像的位置只能被一个占据，那就是你，黎诺海。"

黎诺海一下子坐在了我身边，一只手接过酒杯，一只手揽住我的肩膀，身体贴得很近："识时务者为俊杰，我想此刻萧白羽如果听到你的这番话，一定会伤心到想去死吧，哈哈哈，还真想亲眼看看那个画面呢！"说完他闭上眼睛，以胜利者的姿态闻了闻我发丝上的香味。

我："是呀诺海哥，胜者为王，如今，再也没有人可以撼动你国民偶像的位置了，而我，也只属于胜利者。"我边说边解开他的上衣扣子，一颗、两颗、三颗……

此刻的气氛，让黎诺海意乱情迷，他放下手中的杯子，情不自禁地把我扑倒在了沙发上。

黎诺海："我说过，我会抢走他的一切！"

就在他刚要吻上来的时候，突然传来一阵敲门声，打破了这暧昧的氛围："咚咚咚！咚咚咚！"

我推开黎诺海，把睡衣往下拉了拉，露出了左边锁骨，然后过去开了门。

　　一记、两记、一百记闪光灯"咔嚓咔嚓"迎面而来，刺得眼睛有些睁不开。

　　"哦，原来这整件事情都是你们在背后搞的鬼呀！你们这样做对得起萧白羽吗？"

　　"黎诺海你这样做的目的是争夺第一国民偶像的位置吗？"

　　"程鸥你在此次事件当中是被利用了吗？还是整件事情你都有参与计划呢？"

　　一大群记者把我们层层围住，穷追不舍地进行着逼问。

　　此时黎诺海恍然大悟，冲我大喊："程鸥！你！你为了那个萧白羽真的什么事情都做得出来！！"扬手就给了我重重的一巴掌。

　　我的脸被打得通红，疼得眼泪瞬间流了下来："诺海哥，我不是故意的，我真的不知道有记者跟来，我已经很小心了。诺海哥你放心，我会一个人承担下所有的责任，绝对不会连累到你的诺海哥，请你相信我！"

　　我冲着记者边哭边喊："对不起大家，所有的事情都是我一个人策划的，都是我一个人的主意，和诺海哥一点关系都没有，真的没有关系，都是我一个人做的，对不起。"

　　黎诺海听着我越描越黑的解释，气得暴跳如雷一边爆粗口一边想打我，幸好被一群人拦住了。而此刻的他越是失态，就越是给了各个记者们肆意看图发挥的余地。

　　很快各大报纸和网站的头条新闻都出来了："大反转！萧白羽人设崩塌原来是被陷害，好男孩惨遭爱人与好友的双重背叛，因念及旧情迟迟不肯说明真相，甘愿独自承担骂名。大众情人黎诺海为争夺第一国民偶像位置与 Sky 经纪人串通，阴谋被戳穿后当场翻脸，欲撇清所有关系，Sky 经纪人含泪向记者道歉……"

　　这篇文章是我在去找黎诺海之前提前写好的，我将它发送给了朱莉姐，并让她在事情一曝光之后立马找几个官方媒体传播出去。门口的那些记者也是朱莉姐提前安排好的，我和黎诺海的所有对白都通过电话直播给了所有的网友。

　　这件事情之后，舆论发生了大反转，萧白羽的人气突破新高，而我和黎诺海成了过街的老鼠人人喊打。我把自己藏在了一个偏僻的小旅馆里，偶尔下楼买个菜也要口罩、帽子、墨镜佩戴齐全。有时候不小心被卖菜的商贩认出来，他们会毫不留情地朝我扔烂菜叶把我赶走。

　　或许这就是人们常常讲的因果轮回吧，我最终成为了自己笔下的受害者。而我的病，也在小旅店的某天夜里，突然爆发了……

第三节

——困兽

"咚咚咚"，听到有人敲门我心里一惊。然后拿着正在切水果的刀子慢慢朝猫眼中看去，没有看到一个人影。

就在我刚要返回去的时候，门外又发出了响声，"咚咚咚"。

这一下，便唤醒了囚禁在我心里的困兽，我不断重复地讲着：

"不要过来！

"快点走！

"不要留我一个人！

"求求你不要再敲了，求求你了。

"为什么你们都要留我一个人……"

当我还是程百洛的时候，有一次一位明星被我写文抨击后前途尽失，他的粉丝为了报复我，连续十天夜里来敲门，然后留下一颗血淋淋的猪心和一把匕首。

后来外面稍有风声作响，我便吓得拿起匕首，蜷缩进被子里。

后来我经常做着同样的梦，梦里有人不停敲门，透过猫眼一个戴着帽子的男人正在开门，我使劲儿拉着门，却发现怎么也关不上。我吓得赶紧拿起电话，却发现根本不知道要打给谁。眼看着门外一只手伸进来了，两只手都伸了进来……我被惊醒了。

我就在这样循环往复的噩梦中沉睡又惊醒。

后来，我形成了一种极度的恐惧，一种在夜幕降临后，一个人置身于200平方米房子内的恐惧。我甚至想过要养一只毒蜘蛛，或是一条毒蛇来保护我。

后来我把一条白色长裙和一头齐腰假发，一同挂在了一进门口的位置，并且在每一扇窗户都抹上了几道仿制血浆。想着这样或许可以吓跑那些不速之客。

那个时候，我甚至觉得鬼怪都比人更加和善，于是我逐渐厌恶身边所有的人。而半夜的敲门声，也变成了我挥之不去的噩梦。

"咚咚咚"，敲门声继续从门外传进来，大脑空白到缺氧的我，下意识地拨通了萧白羽的电话。

"喂？你好？"熟悉又久违的声音从电话那头传来，我的眼泪瞬间流了下来。就在我刚要说话的时候，"嘭！"门被打开了，两个戴着口罩的黑衣人进来了。

他们将门反锁后一步步朝我逼近，我慌乱地大喊大叫，并用手里的匕首不断刺向他们。可是我太害怕了，害怕到双脚已经走不动路了。他们从我手里夺过匕首，并划伤了我的右手。鲜血"刺"的一下流了出来，我突然眼前一片空白，被他们用迷药捂住嘴巴弄晕了过去……

而电话那边，是更加慌乱的喊声："小鸥，小鸥是你吗小鸥？小鸥你怎么了？小鸥你在哪里？是你吗小鸥？小鸥，喂？喂？喂？？"

第四节

—— 他乡遇故知

"小鸥，小鸥你在哪里呀小鸥？"朦胧中，我似乎听到了小白在叫我。

"小白，小白，小白。"我一边不停呼喊着这个名字，一边慢慢地睁开眼睛。

我发现自己躺在了一张病床上，模糊的视线中我看到了白色的墙，还有门口站着的两个身穿黑色衣服，戴着墨镜的男人。

我想坐起来却一不小心碰到了旁边的栏杆，"咣当"一声。

其中一名黑衣人听到声响后转过头来对同伴说："她醒了，你在这儿看着，我去把小姐叫过来。"

我这是在哪里啊？他们又是谁？看着右手上裹着的一层一层的纱布，我回忆起了昨天那段可怕的经历。

"你醒了。"一个熟悉的人影走到了我面前。

"琼琪?"唐琼琪朝我走了过来,身后还跟着两个戴墨镜的黑衣人。

唐琼琪:"你先在这好好休息吧,等过几天我和白羽哥去了国外,就会把你放出去的。"

我:"你和小白要去国外?"

唐琼琪:"不许你再叫他小白了!"我被唐琼琪突然的吼叫吓了一跳。

她继续说:"你这个狐狸精,为什么总是缠着我的白羽哥?害得他被你迷得神魂颠倒的!"她突然笑了一声说,"呵,不过,他现在已经对你完全死心了。我还要感谢你呢,感谢你在笔记本上写了一段这么精彩的故事。"

我:"笔记本?原来是你干的!"

唐琼琪:"对呀就是我,是我在你的笔记本里发现的那篇稿子,也是我发给媒体的,我的小鸥姐姐,没想到,你写得这么狠,你是有多讨厌白羽哥呀?"

原来这一切,都是唐琼琪一手策划的。

我:"你为什么要这么做?"

她礼貌地回答:"因为,我想要白羽哥恨你!"

或许爱情，真的能让一个人被冲昏头脑，也会让一个人原形毕露。我心里对萧白羽更加愧疚了，也对这个女人的做法无比气愤："可是你知道你这样做，差点毁了小白的前途吗?! 如果我没有去找黎诺海怎么办? 如果这件事情没这么快解决怎么办? 你想没想过你这样做要怎么收场? 小白很可能因此患上抑郁症你知道吗?!"

唐琼琪："闭嘴!! 就算白羽哥得了抑郁症，也是你这个稿子害的，是你害的! 所有的一切都是你造成的。不过，你不知道他当时看到你和黎诺海衣冠不整地被记者逮到的新闻，眼睛里充满了多么深的绝望。"

她的脸上泛起无法掩盖的得意之情："很心痛吧? 我也替你感到心痛，被人误会就连解释的机会都没有。"

她的一字一句都冒着尖酸刻薄，我甚至怀疑眼前的人是不是我之前认识的落落大方的那个唐琼琪。

唐琼琪："过几天，我就要和白羽哥去意大利准备订婚了，在那边我会帮他开始新的音乐之路。等过几年，人们把这件事情淡忘，他把你也淡忘，我们就回来了。到那个时候，他就永远都是我一个人的了。"说到最后几个字的时候，她的脸上满是掩盖不住的喜悦。

听到意大利三个字，我的情绪突然激动起来：

"不可以！你们不可以去意大利！"

唐琼琪一听也加大了音量，眼睛瞪得很大："凭什么不可以?! 凭什么每次只要你说的话，白羽哥就会听?! 他现在只是被你短暂蒙蔽了双眼，只要你在他面前彻底消失，他就会慢慢接受我对他的好，也一定会爱上我的。只要他和我一起去到意大利，荣誉、演出、金钱、地位，我统统都能给他。我可以给他他想要的一切，而你，什么都给不了他！"

为了阻止他们去意大利，我几乎放低身段开始央求她："琼琪你听我说，我从来都没有想过和你抢小白，我可以离开，可以永远地离开，但是你们真的不能去意大利！真的！"

唐琼琪："你不就是希望先缓住我，然后再想办法去和白羽哥解释吗？你以为我会相信你吗？只要你在一天，他就不会心甘情愿娶我。"她瞪大了双眼，像极了我经常梦到的那双充满红血丝的眼睛。

或许是情绪太过激动了，我的头有点隐隐作痛："真的，不能去……"

唐琼琪："好了，省点力气吧，我们机票都买好了，你说什么都没用了。"

　　我此刻连病房门都出不去，还有什么能力继续阻止……该来的，终究还是来了，或许这就是每个人的宿命吧。

　　我叹了口气："如果，你们一定要去的话，那能不能答应我一件事情。如果，你做不到的话，就算你们去了国外，我也一样会阴魂不散地跟着你和小白，你一定不会拥有他的！"

　　她思考了一下说："说吧，什么事情？"

　　我深吸了一口气，然后握住颈间的那颗吊坠，缓缓地说："你答应我，不管过段时间，发生什么样的事情，你一定一定不能离开小白！"

　　我的眼神开始飘忽，悲伤充满了接下来的一字一句："因为，接下来会发生一件，非常非常可怕的事情，我可能没有办法阻止了。所以你一定不能让他独自面对。你别看他平时总是爱装成大孩子的样子，好像什么都不怕的样子，可当他一个人的时候，还是挺爱哭的，也很容易被感动。他很重视人与人之间的情感，很相信这个世界是美好的，也很崇拜文泽哥，所以以后如果文泽哥不在了，我也不在了，你一定要代替我们保护好他，帮他屏蔽掉世间所有不美好的事物。你还要记得，他不喜欢吃洋葱，但是当着别人的面，他会觉得一个男孩子不吃洋葱是件很没面子的事情，就会硬着头皮吃掉，所以你记得要装成很喜欢吃洋葱的样子，每次都主动从他那里抢过来。还有他的脾气很倔

强，如果你有一天不得不离开他了，请编一个美好的童话
吧，哪怕让他等你二十年，也别让他受到伤害，别让他看
到这个世界上的不美好，别让他，不再相信爱情……"此
时我的视线已经被泪水完全覆盖了，原来，这就是心痛的
声音，我第一次感受到了那些曾经哭着央求我站出来澄清
事实，把我当成最后一根救命稻草的人，心里有多么无助。

不过就像当时程百洛认为这些眼泪一文不值一样，今
天的唐琼琪也照样听不进去我讲的任何一句话。

她毫不在乎地说："好了好了知道了，以后白羽哥用不
着你操心，你的消失对于他来讲就是最好的。"说完扭头走
了，并嘱咐门口的黑衣人要看好我。

此时的我已泣不成声，难道让我来他们的世界，就是
让我体会心痛的感觉吗……

这时候一个护士和一个男医生走了进来。

护士："邢医生，现在为她换药吗？"

医生拿起了我被纱布包得结结实实的右手："嗯，给我
把……剪刀。"

这个男医生大概20岁出头，脸上有一点胡楂，身上也
有一身不算太干净的大褂，胸口口袋佩戴了一支有些眼熟
的钢笔。

护士："邢医生，给。"

邢医生？

我小心翼翼地问："那个，麻烦问一下，你叫什么名字啊？"

他低着头继续帮我拆纱布，似乎有一些口吃："我叫邢……邢天。"

邢……天?!

第五节

——我想当英雄

邢……天?!

没想到我在这里遇到了 20 多岁的邢医生。看着眼前熟悉又不太熟悉的故人，我突然感慨缘分的奇妙。

邢天："好了换……完了，伤口也愈……愈合得差不多了，明天再来给你换新药，你注意一定不要……沾到水，不然伤口会感染，到时候会很……很麻烦。"

结结巴巴的邢天把我从悲伤的情绪中拉了回来，听得我有点想笑，一心只想等回去之后好好嘲笑嘲笑他。

我："好，谢……谢谢邢……医生。"

为了缓解情绪我调侃了他一下。

接下来的日子，我生活的一点一滴，都受到了监管。无论我去哪里，都会被几个黑衣人一直跟着，当然我能活动的范围也仅限于医院。邢天每天都来按时帮我换药，还会陪我到屋子外面透气，很快我们在这个年代也变成了很好的朋友。

被"囚禁"在医院里的第五天，邢天像往常一样陪我坐在外面的椅子上晒太阳。

我："对了，我还没问过，你的理想是什么呢?"

他不好意思地笑了说："我……我不知道自己的理想是什么但……但我不想平庸地过完这……一生……我想可以有一天为……为了一件事情去付出……就像白……白文泽一样!"

我："嗯? 你也崇拜文泽哥吗?"

邢天："对……对……我很小的时候，因为有口吃，受到了很多……很多同学的欺负，大家总拿异样的眼光来看……看我。所以我从小就很……自卑，甚至从来不敢和别人……讲话。后来有一天，我被一群同学欺负的时候，幸好有白文……文泽，他不仅救了我还告诉我人一……一定要有理想。他还为我唱了一首歌，那是我第一次感受到世间的阳光，感受到世间万物都有它……它的特别之处，好像没有必要因为自己与其他人不一样而自……自卑。慢……慢慢我变得开朗了很多，所以我觉得他真……真的是一个大……英雄。"

一提起白文泽，邢天眼中满是崇拜。

我："所以你也希望成为一个像文泽哥那样帮助很多人的大……大英雄吗？"

不知道为什么，见到这样的邢天我真的正经不起来，总是想拿他寻一下开心。

邢天很认真看着天空说："不……不是……我知道我自己只是一个平凡人，成为不了像他……那样的大英雄。但我还是希望有一天我也能……能尽全力去做一件轰轰烈烈的大事情，在我短暂的生……生命里，成为一个值得被人们尊……敬的人。"此时的邢天说出这段话的时候，带着一种莫名的幸福感。看上去有点可爱，也有点好笑。

我："希望你能早日成为你的英雄！"

他笑了笑说："我过几天就……就要去意大利复诊……小鸥你在这里……还要被他们盯着多久？我怕我走了之之……之后，就没有人陪你聊天了。"

我："复诊?? 是治疗口吃吗？"
邢天："不……不是啦，是其他的。"
他看到我有一些疑惑，又安慰我说："小……小毛病而已啦……不要紧张，哈哈……哈哈。"

又是那个让人心惊的地方，算一算时间，邢天的车祸大概也是发生在那个城市吧。20多岁的邢天，虽然有一些先天性的小缺陷，却还是开朗又乐观，也很善良。或许性格的转变，就是来自那场突然的事故吧。自知根本无力挽回什么的我，只好相劝几句："祝福你赶紧好起来！对了，你去了意大利之后，一定一定记得少喝点酒，不然可能会遇到没办法挽回的事情。"

邢天："喝酒？我不喝……喝酒的。"
我："你不喝酒？"
邢天："嗯……嗯……"
听到这样的回答，我感到有点疑惑。

邢天："对……对了，这个是我的一个独家……配方药，你记得擦在手上，你的手虽然没有伤及到神……神经，可是也会留下一道疤，有点不好看，你要有心……理准备。"

"谢谢。"我从他手中接过药膏，然后感谢他的细心。

我突然想到了哪里不太对："等等！你刚刚说了什么？"
邢天："这是我的一个……药。"
我："不是，是下一句！"

第六节

——玻璃墙

邢天："这是我的一个……药。"

我："不是，是下一句！你刚刚说，我的手，会留下一道疤？"

邢天："嗯……不过你也不用太……在意的，毕竟在手掌内，不是很明显。"

我的脑袋突然"嗡"的一声，闪过无数声音：

"我要找一个手掌有疤的朋友。"

"萧白羽的那位朋友手掌上有道疤痕。"

"有知道手掌有疤痕那位朋友消息的，麻烦尽快联系电台。"

"怎么会，怎么会，是我？？？"我轻轻地摸了摸自己的右手，眼睛里充满了疑问。

"小白，从一开始，找了二十年的朋友，其实是我？"

"那个人不是唐琼琪，而是，我？？"

　　我一个人自言自语，不敢相信发生的这一切——实在是有点难以置信。

　　但是得知这个消息后我的内心又充满了掩盖不住的欢喜。

　　原来小白故事的女主人公，由始至终，都是我一个人。

　　原来他真的像自己说的那样，一辈子只钟情一个……

　　想到这里，悔恨的泪水布满我的眼眶："我真的是太傻了！原来，让小白勇敢的那个人，一直都是我……他真的做到了，反而是我，一直不愿相信，不肯相信小白，也不肯相信爱情，偏偏相信什么命中注定，眼睁睁地把他推向另一个女人的怀抱……"

　　邢医生看到自言自语的我，虽然一头雾水，却很礼貌地什么都没问，只是轻轻地对我说了一句："你想出……出去吗？"

　　我看着邢天无比真诚的眼神，不停点头。

　　这个世界上，有一种人就是这样的，你不想解释的，他不会问，你没来得及讲的，他能先懂。我想，最好的默契大概就是这样了吧。

　　第二天，我按照邢天制定的逃离计划，上午去洗手间和躲在里面的一个体形与我相似的女护士互换了衣服。然后由邢天带她去外面晒太阳，把黑衣人引过去。我就趁着这个时间逃出医院，坐上门口提前安排好的车。

"呼！"终于逃出来了，我深深地叹了一口气，像是冲破牢笼重获自由的小鸟。

我摸了摸脖子发现项链不见了，难道是刚刚换衣服的时候不小心掉在卫生间里了？

顾不上那么多的我，连忙和司机说："师傅辛苦去机场！麻烦开快一点！"

司机："好。"

今天是 Sky 飞往意大利的日子，我一定要赶在他们登机之前找到他们，对小白说出所有我想讲的话。这一刻我已经不想再理会什么命中注定什么听天由命了。我也一定要把白文泽留下来，不能让这样一个音乐天才就此陨落。这一刻我只想遵从自己的内心，去做想做的事情，奋不顾身，不计后果。

车内的广播突然发出了很奇怪的声音：
"时间早了十分钟……走 G……路……拖延……"

司机连忙按了转台键，一边开车一边自言自语：

　　"哎，自从上次修完车电台就一直串线，上次半夜突然冒出一声女人的尖叫吓得我差点没撞到马路上。"

　　内心无比焦急的我根本听不进去司机在说什么，脑海里都是和小白的一幕幕。

　　司机："到了！"

　　来不及关车门的我一溜烟跑下了车，飞速往机场里面跑去。因为如果不再快一点的话，我可能此生就错过见他最后一面的机会了。

　　"小白！小白！

　　"世琨哥！"

　　"叶鹏！"

　　我四处张望，四处大喊：

　　"文泽哥！文泽哥！"

　　然而机场来来往往的人好像都听不到我讲话一样，没有一个人回应我。

　　我用着所有力气不停喊着他们的名字：

　　"小白！文泽哥！你们在哪儿?!

　　"你们不要走！

　　"小白你到底在哪儿?!"

我近乎绝望地喊着，一个猛回头，我看到四号登机口那里，有几个熟悉的身影。是他们！

白文泽低头看着手中的机票，叶鹏和白世琨正在闲聊，唐琼琪一脸甜蜜地挽着萧白羽的一只胳膊，在和他讲着话。而萧白羽一直心不在焉地四处张望，好像在最后一秒也还是期待着能见到谁。

拥挤的人群把我层层包围住，让我寸步难行。我不停地说着"麻烦让一下！""借过！""求求你们了先让我过去好不好求求你们了！"可是似乎没有一个人可以听到我讲话，没有一个人，包括小白。

工作人员："您好，请出示您的登机牌！"

看着他们就要进去了，我继续喊着：
"小白，小白不要走！"

我好不容易挤了过去，却发现一道玻璃横在了我们中间，让我怎么也过不去。他明明就在我面前，却好像完全看不到我。

我歇斯底里地敲打着玻璃，眼睁睁地看着他们一个一个从我的世界里消失：
"世琨哥，世琨哥我在这里，你能看到我吗？

"叶鹏，叶鹏!

"文泽哥，文泽哥你不要走，你走了就会没命的!

"文泽哥，就为了那些愚昧的群众，值得吗?!"

此刻我已经哭得没什么力气再说出话了：

"小白，小白我就在这里啊……

"小白不要让你哥哥走，不要……"

伴随着萧白羽的最后一个有一点落寞的眼神，我晕倒在了地上，关于这个世界的旅程，我想，这就是最后的告别了……

救　　赎

那些一别多年的"老友们"，都回来了。

第一节

——惺惺作态

"鸥鸥，鸥鸥你听得到吗鸥鸥？

"鸥鸥你是不是能听到我讲话了？

"鸥鸥。"

不知在黑暗中度过了多久，我全身的每一个细胞似乎都逐渐开始苏醒，一个熟悉女人的声音不断关切地叫着我的名字，声音越来越清晰。

慢慢，我的眼睛开始有光线射进来。

慢慢，我动了动眼球。

"啊！鸥鸥！医生，医生快来呀医生，我家鸥鸥刚才有反应了呀！医生！"

一个穿着白大褂的男人拿着手电筒，照了照我的眼睛说："好了，没什么问题了，再休息几天就可以出院了。"

"真的吗？那太好啦！谢谢，谢谢你医生！谢谢！"

我缓缓睁开了眼睛，此时的我正躺在一张白色的病床上，守在我旁边的是一个正因为开心而泪流满面的女人——我的妈妈。

床头上、柜子上，摆满了大大小小新鲜的花束、果篮、礼盒。

整间病房被礼物堆得满满的，只是陪在我身边的人，就只有妈妈一个。

我怎么会在这里？刚开始回想，头就有点疼了："头有点痛！"

妈妈："没事吧鸥鸥？"

我迷迷糊糊地问："老……老妈……我……在这里多久了？"

"都两年了。"

她一边说一边开始啜泣："你已经昏迷两年了，我好怕你从此后再也醒不过来了，谢天谢地你终于醒了。"

我："两……两年了？"

我继续说："好了，你看我这不是已经醒过来了吗？别哭了。"

然后用力挤出一点笑容来安慰她。

"小……小白。"

我突然喊出了这个名字。

妈妈："是的呀鸥鸥，你今天醒来之前，就一直在反复地说着什么'小白'，什么'别走'的。是怎么一回事呀？"

还没来得及回答妈妈的问题，病房的门突然被打开了，一群人蜂拥而至。我的"合约男友"Tony（托尼）打着锃亮的发油，身着贵得让人碰不起的西装，捧着一大束鲜红鲜红的玫瑰走了进来，身后还跟了一群举着相机的记者。

Tony走到我面前，用特别关心且迫切的语气对我说："亲爱的，你终于醒过来了，我为你担心了两年了，没有你的日子，真的好不习惯呢。你看，我每天都在为你祈祷，祈祷你能快一些醒来。还好，你终于醒了亲爱的。"然后不由分说地抱住了我。

我的身体就好像贴到了一块猪肉上，冰冰的，伴随着一些油腻。此时的我并没有像之前那样配合他在媒体面前演戏，而是用力挣开了他。

记者开始了七嘴八舌的访问：
"洛洛姐你终于醒过来了，请问你醒来最想说的一句话是什么？"
"洛洛姐听说你之前自杀是因为和Tony吵架了，是真的吗？Tony 哥为了陪你推掉很多部戏，他对你真的是太好了！"

"洛洛姐，请问你此刻最想对一直支持你的粉丝说些什么呢？"

"洛洛姐，请问你……"

久违的闪光灯，一下一下地拍着。

它的光每闪一次，刺得我眼睛就像瞎掉了一次。

这些阔别两年的嘈嘈杂杂、熙熙攘攘、嗡嗡嗡嗡的讨厌声音，又全都回来了。还有这些惺惺作态的面孔也都回来了。

"走开！

"别拍了走开！

"都给我出去！

"我不想看到你们！"

我把他们都轰了出去。

"咣！"伴随着房门关上的声音，世界，安静了。

第二天我就要求出院了，因为终于回来这个世界的我，还有很多事情等着去做。

我一连三天召开了七场发布会，对之前做过的所有不实报道都进行了澄清和公开道歉，并对其中受到过伤害的人给予赔偿。本以为会遭到无数的谩骂与唾弃，没想到大家对我都很宽容，就连报纸和媒体都把我写成了"浪子回头"的正面例子，我的粉丝也比之前增加了十倍。

"小鸥，我好喜欢你，我会一直支持你的！"

刚刚走出录音棚的我，从层层簇拥着的粉丝中听到了这样一句话。

小鸥？为什么我的粉丝中会有人叫我小鸥？我有些疑惑，顺着人群看过去，又找不到这个声音了。

说出真相的我如释重负，获得了真正的解脱，而一直跟着我的那双眼睛也终于不再出现了。不过我的记忆开始出现了混淆，渐渐地我不知道昏迷这两年所经历的事情是否真实存在，我是真的穿越了时空还是只是困在了自我制造出的梦境当中？看着手掌上那道抹不去的疤痕，真相是什么已经不重要了，因为我在那个世界里，已经找到了想要的答案。

记者会开完后，我开始计划着下一件事情，就是为白文泽写一本人物传记，将他和他的音乐精神传承下去，帮助每个活成了程百洛的人，重新做回程鸥。

为了搜集资料，我约了白文泽的姐姐在他小时候住的四合院里见面，不过这一次，我在那里发现了一些奇怪的事情……

第二节

——山茶花

"文婧姐你好，我叫程鸥，今天来是想了解一下文泽哥的事情。"

这是我第一次见到白文泽的姐姐，她叫白文婧，二十多年前嫁给了白世琨的叔叔后，就移居去了美国，直到最近才回国。

白文婧热情地为我介绍着白文泽的过往：

"这间是文泽小时候住的屋子，自从文泽走了之后，这间屋子就空了出来，再也没有人住过了，你看，所有布置都和之前一模一样，我们每次也只是进来打扫一下灰尘，偶尔会有粉丝过来看望。因为很多东西都想为文泽保留，就好像他只是出差去了，过段时间就会回家一样。

"你看，这把吉他是文泽 13 岁的生日礼物，他那个时候就想要这么一把吉他，后来爸妈就从二手市场帮他买了一个。

"哦，还有这个，小时候白羽嫌文泽练习的声音太吵了，就画了这么一幅画送过来。一匹抱着吉他的狼，呵呵，你看画得是不是很形象？"

我："小白和文泽哥小时候就认识了？"

白文婧："是呀，当时白羽家也住在这个大院子里。这个院子里的孩子很多，可白羽偏偏只喜欢缠着文泽，像是文泽的一个小尾巴，经常'长'在我们家。他长得白白净净的，学习好，又很乖，不像文泽那么叛逆，所以我爸妈也都很喜欢他。"

白文泽的屋子很窄，有一张小小的床，墙上贴着两张歌手 David Bowie（大卫·鲍伊）的海报，写字台上有一大摞白文泽的手稿，一把红色吉他靠在窗台下面，上面飘来一阵山茶花香。

白文婧："文泽很喜欢养一些花花草草的，尤其钟爱山茶花。不过白羽对山茶花过敏，所以后来他就不再养了，直到……"

她讲到这里有一些啜泣："直到文泽走了之后，白羽家也搬了出去，爸妈才开始替他养。"

听到这里，我的内心也充满了无限难过与思念。我上前去用手轻轻地抚摸了一下那株山茶花的花盆，却在里面的泥土里发现了一些烟丝。

白文婧："这个是文泽之前教我的，他说往花的泥土里放一些烟丝有助于花的生长。"

往花盆里放烟丝？我好像在哪里见到过这种方法。

了解完白文泽小时候的一些情况后，我去了邢天的诊所，打算和他聊一聊这两年来的见闻。没想到刚进到诊所的楼道，就隐约听到了小白的声音。

我顺着声音一步一步找过去，心跳也跟着一下一下开始加速，这里为什么会出现小白的声音？难道是我听错了吗？

"那里有什么好玩的，一点都不刺激，不如我们还去 Z Bar（Z 酒吧）吧，昨天那个小妞还蛮正点的我觉得，今天如果再见到她的话我就一定能把她拿下，哈哈。"

我被眼前的一幕惊呆了：花衬衫搭配七分牛仔裤，一顶渔夫帽手里拿着一根烟，嬉皮笑脸地说出刚刚那句话的人，竟然是，20 多岁的小白！

我的出现似乎也让他吓了一跳，他赶紧熄灭了手中的烟，说了一声："小……小鸥……"

我不敢相信眼睛看到的这一切，我怀疑我的眼睛，怀疑我的耳朵，更怀疑我的意识是否还清醒。眼前这个陌生的他，怎么可能是我的小白毛衣？我的脑海里回忆起无数的细节，小白身上偶尔飘过的烟味、每次靠近时的陌生，以及他曾在山上送给我的那一朵山茶花。

"小白不是对山茶花过敏吗？"我想着想着，脱口而出了这句话。

我复杂而又紧张地看着对面的这个人，希望他能给我一个，在我承受范围内的解释。

此刻身后传来了一个男人的声音：
"让我来告诉你吧。"

回头一看，是43岁木瓜脸的萧白羽。他把我带到了诊所隔壁的一间屋子，门打开的一瞬间，我被震惊到了。
"这，这里竟然藏着一个，操控室？"

第三节

——一约既定

推开邢医生诊所隔壁的屋子，眼前出现了一个很大的后台操控室，六个并排在一起的大屏幕，上面播放的全都是"20 年前"我经历的不同场景：和小白第一次对望、和白文泽一起筹备演唱会、和白世琨在训练班上打闹、和邢天一起畅谈理想……

三年前，萧白羽计划拍摄一部名为《再见理想》的 Sky 乐队纪录片，希望以这种方式来让他们的摇滚精神永不磨灭。邢天则提议他可以通过真人秀的形式来完成这一影片——找到一个早已在生活中迷失且失去了理想的人，在她完全不知情的前提下，用两年的隐蔽式跟踪拍摄，让她一起经历 Sky 那段追逐梦想的岁月。

选择采用这种形式一来可以真实并详尽地记录下 Sky 的一点一滴；二来顺应了潮流，可以吸引更多的人观看；而最最重要的一点是，一定要挑选一个理想信仰处于崩溃边缘的人来参与，通过对他的影响与改造，来救赎更多在人生这条路上迷失了的年轻人。所以当时被评为"社会十大危险人物"的我，就成了他们选中的改造对象。

所以我才会从三年前就一直感觉有一双眼睛在目睹着我所发生的一切。他们用了一年的时间将海上一座孤岛改造成了20世纪90年代的样子，而这里就是我"穿越"过去生活了两年的地方。我对于这次"穿越"的信任感，也是在长期催眠和心理暗示下产生的。"跳楼"的记忆便是心理暗示下产生的错误记忆。

我的妈妈因为不想看我再是"程百洛"了，便同意了他们的计划。

六块大荧幕上正在播放着所有的故事，虽然这两年的经历，在此时看来全部都成了泡影，所有的因缘纠葛也都是事先安排好的剧本。但它们好像早已刻进了我的记忆深处，时间也好像真的相隔了二十年之久。

解释完前因后果，萧白羽面无表情地反反复复对我说着抱歉：

"抱歉，没有事先和你说明，也没有经过你的同意就对你进行了拍摄。如果你为此感到气愤的话，可以要求我赔偿，不管你想要多少，我都会赔给你。我只希望没有给你造成困扰与伤害，对不起。"

　　知道真相的我非但一点都没有生气，反而有种久别重逢的紧张，仿佛这个人才是和我经历了这么多的小白。

　　"没事！没关系！真的没关系……"

　　我很想上前抱住眼前的这个男人，却很清楚地知道这是一种在他看来莫名其妙的行为，所以我用右手用力地掐着左手，用牙咬紧嘴唇，试图化解这股冲动。

　　没想到，他却上前抱住了我，我浑身的细胞在这一刻"唰"的一下苏醒了，心跳，也再也无法平静了……

　　没多久，萧白羽便向我求婚了，而我也没有丝毫犹豫地答应了他。

　　很快，到了我们的婚礼当天。很多人都来了，那些一别多年的"老友"们，都回来了。

　　作为伴郎的白世琨，胸口佩戴着安琪送的那条领带，二十几年过去了，岁月也还是掩盖不住他的帅气，只是现在的他，少了一份年少时的轻浮，多了一丝成熟男人的稳重。

　　剪掉了遮眼刘海，摘掉了鼻钉的叶鹏，带着他的妻子和两个孩子一同前来，当初的叛逆少年，现在已经是儿女双全，家庭美满的好好先生了。

　　捧着一大束百合花的邢天，带了一个很厚很厚的红包。他的眼睛里充满了泪水，是我从来没有见过的样子，饱含着说不尽的故事。

五十一岁的朱莉姐，脸上的玻尿酸让她的笑容有一些僵硬，S 型身材也在岁月的驱使下走了样，不过她的性格依旧像当年一样，热情似火。

鲸娱公司的老板 Daniel，从娱乐行业转去做了房地产，成为了地产界大亨，一双小皮鞋，一条露脚踝的七分裤，一顶爵士帽，虽已年近六十，穿着依旧非常绅士。

带着儿子的唐琼琪也来了。褶皱布满了她的脸，看得出她这些年日子过得并不舒心。岁月早已将那些少不更事的恩怨情仇消耗掉了，我想此时的她出现在婚礼上，也是希望亲眼看到年少时爱的那个人，能够收获幸福吧。

还有节目上扮演 Sky 四位成员以及邢天、唐琼琪、黎诺海、安琪的演员，身着戏中的装扮，悉数到了场。二十年前的自己与二十年后的自己重逢，这真的是一场奇妙聚会。

台下的"小白"，对着我微笑着用手比了一个心。但我清楚地知道，让我心动、给我回忆、教会我爱的人，并不是他，而是此刻站在台上等我的新郎。

音乐响起，我手捧鲜花，身披一身洁白的婚纱，缓缓向他走去，有一种二十年后终于赴约的感觉。

和他在雪中的初相识：

"没事吧？我扶你起来吧！我叫萧白羽，很高兴认识你。"

和他一起睡在排练室：

"好啦！这下你就不用再害怕了，你睡在那边，有什么事情掀开帘子我就在旁边。"

和他一起躲保安：

"这些海报，都是你一笔一笔画了好久才完成的。你画得那么好看、那么辛苦，它们不应该被丢在这里的！你再等我一下小鸥，相信我一定会找到的。"

和他在庆功宴上交换秘密：

"要不这样吧，我们来交换秘密吧。什么男孩子！我早就不是男孩子了！我都已经二十二岁了，我可是一个有故事的成熟男人！"

和他一起野外寻宝：

"我帮你带了一个小夜灯，可是打开包发现不见了，我就沿着刚刚来的路回去找了一下。幸好找到啦，给！"

过往的种种，全都迎面而来，都是那么真实地在我和他之间发生过。

其实我曾有无数个瞬间，想要问萧白羽，他找了二十年的那个朋友是否存在过。但每次看到手上的那道疤痕时，我就问不出口了。所以我甘愿沉浸在萧白羽为我编织的这个梦里，也甘愿相信自己就是那个他找了二十年的人。

此时，我的手已经交到了他的手中，主婚人严肃且神圣地说：

"萧白羽先生，你是否愿意无论顺境或逆境、富裕或贫穷、健康或疾病，始终爱护身边的程鸥女士，尊重她、保护她、忠于她，直至离开这个世界？"

萧白羽："我愿意！"

说完后，那张冰封多年的木瓜脸，终于再次露出了天使般的笑容，此刻少年时所有的心动都回来了，就像1999年的那个下雪天……

番 外

一约既定，万山无阻

番外一

1990 年，一个下着小雨的夜晚，天桥下，一群十多岁的少年正在欺负一个男孩儿。

一个背着吉他，穿着红色衣服的少年手里拿着一块板砖跑了过来，大声喊道："你们快走吧！我已经报警了，警察马上就来了！"

那群少年见状马上停了下来，虽然不服气，却也赶紧跑掉了。

红衣少年冲着男孩儿伸出了手："你没事吧？"
男孩儿张了张口，又紧闭双唇。

红衣少年："你没事吧？我叫白文泽，你叫什么名字？"
男孩儿依旧低着头默不作声。

红衣少年慢吞吞地说："你怎么不讲话呢？是不是因为

他们刚刚欺负了你？不要害怕，这个世界，还是充满了爱的。"

红衣少年扶着男孩儿一起坐了下来，然后拿下吉他，给男孩儿边弹边唱了一首歌："城市冰冷的空气，路人无声的啜泣，大人们都说，生活很苦很无情，可我总觉得，世界充满了爱。因为理想，我披起战衣驰骋沙场……"

红衣少年唱完了，男孩儿听得有些入迷。少年慢吞吞对男孩儿说："欸，小伙计，你有理想吗？"

男孩儿小声地回答说："没……"

红衣少年："嗯？你没有理想吗？你怎么能没有理想呢？在这个世界上，我们每个人都要有理想的，有了理想，我们才会变得不平凡！"

男孩儿思考了一会儿说："那……那你……"

红衣少年："你是问我的理想吗？"

男孩儿点点头。

"是它！"红衣少年把吉他递给了男孩儿，脸上浮现得意的笑容："我的理想就是音乐，我觉得音乐是个非常神奇的艺术，它包含了很强大的力量。它可以让人们心情变得好，也可以让人们心情变得差，它还可以让这个世界都充满了爱!"

　　红衣少年如数家珍向男孩儿介绍着音乐的魅力，而男孩儿一直紧抱着自己的双手，也终于慢慢地松开了……

番外二

2001 年 11 月 13 日，意大利，萧白羽和唐琼琪即将举行他们的订婚宴。

宴会开始之前，匆忙赶来的邢天找到了萧白羽，把一条银色羽毛项链交给了他。

邢天："你……你好我……我叫邢天，是程鸥的朋……友……她托我把这条项链交给你。"

萧白羽表情有些凝重："小鸥……小鸥……"

他缓缓地接过项链："从出事到现在，为什么她一直都不肯来见我？她明知道无论她做了什么事情，只要她肯和我解释一句，我都一定不会介意的。可是她为什么一直都不肯出现……我找了她好久，真的好久。"

邢天："她现在遇到一点麻烦，没……有办法来见你。

但她说过她一定来找你，你一定要等……等她……"

萧白羽一听就着急了："什么？麻烦？难道上次给我打电话的真的是她？她没事吧？她现在人在哪里？电话里我听到她在叫，她不会遇到危险了吧？你快告诉我！快告诉我小鸥现在到底在哪里？？？"

邢天："她……她已经安全了没……事，不用担心。我来是想问你一个……问题，你……喜欢她吗？"

萧白羽被问得很突然，语气缓和了下来："小鸥她……真的没事吗？"

邢天："真的……没事，放心吧。你先回答我的问题，这或许是……是你最后一次面对自己感情的机会了。"

萧白羽低下了头，深吸了一口气说："自从第一次遇到小鸥的时候，她就好像住进了我的心里。刚开始认识她的时候，她很爱哭，也不太爱讲话。可是我就是很希望看到她笑，所以我每天醒来，都在想着，今天做一些什么样的事情可以逗她开心。你可能不知道，每当她对着我笑的时候，我就觉得自己拥有了全世界。可是后来，我不知道为什么，我突然找不到她了，找不到那个好看的笑容了。我真的好想她，我现在每天醒来的第一件事情，就是在想，今天的我会不会有好的运气，会不会遇到她，会不会见到她……"

　　邢天："既……既然喜……喜欢的话你为什么现在要和别……人订婚？你这样做等于出卖了自己的爱情也……辜负了小鸥对你的心意。"

　　萧白羽听到这句话后，心情有些复杂："从一开始，我就没有奢求过可以和她在一起。因为小鸥她……应该不喜欢我吧……她可能……喜欢……"

　　"当然不是！"邢天有些生气，"她为……了你，牺牲掉了自己所有的声……誉，宁愿被所有人骂，你说她喜不……喜欢你？她为了你冒着生命的危……危险逃了出去，就是为了见你一面你说她……喜不喜欢你？她为了你每天夜里都哭肿……肿眼睛你说她喜不喜欢你？可是你现在却要和别……别人结婚……你考虑过她知道后的心情吗？"

　　萧白羽脑子"嗡"的一声，像是被什么东西撞击了一下："你说小鸥她……她喜欢我？？？"

　　邢天："当……当然！她现在只是没有办法见来你，不过她……她一定会来找你的！"

　　萧白羽听到这些，一直自言自语重复着同一句话："小鸥她喜欢我，小鸥她喜欢我，小鸥她……喜欢我……"

　　邢天："她真的……喜欢你。所以如果你也喜欢她的话就……一定要等她！"

　　萧白羽："等多久？"

　　邢天："最……最多二十年，她一定会找到你！如果你忘记了她的模样，就请记……记得她的右手……手掌有一道很深的疤痕。不过我……我认为如果真的爱一个人……的话，不管过了多久，也还是一定不会忘记她的！"

番外三

2001 年 12 月 24 日，23 点 03 分，意大利的弗伦泽医院，一个不平安的平安夜。

Sky 主唱白文泽因交通事故导致昏迷，今天是他昏迷的第四个夜晚。

一个戴着口罩的医生，左手拿着一个苹果，走进了白文泽的病房："我亲爱的文泽哥，好久不见了，平安夜快乐啊！"

医生把苹果放到了白文泽床前，摘下口罩坐在了椅子上，用双手按着病床，头往前伸到距离白文泽的脸很近的地方，两只眼睛直勾勾地注视着他的脸，压低了声线缓缓地说："文泽哥，你是怎么了？怎么不理我呢？我，给你送平安果来了，快起来吃啊！吃了，就平安了。"

白文泽仍然闭着双眼，没有任何反应，只有监护器

"嘀嗒、嘀嗒、嘀嗒"运转的声音。

突然医生身体往后一仰，双手在胸前合十，开始大笑："哈，哈哈哈，哎呀，真是好感慨啊，想不到昔日的摇滚巨星，如今，只能乖乖地躺在病床上，任凭怎么挑逗，都还是毫无反应，就像……就像个死人一样。哈哈哈。"

"哎，就是可怜了你那个小跟班哟，看到最爱的小叔叔变成如今这般模样，却依然无能为力。我想现在的他，必定非常非常心痛吧！呵，呵呵呵，呵呵呵呵。"

整个病房里都充斥着让人毛骨悚然的笑声。

笑声突然一停，医生咬着牙一字一句对着窗外说："萧白羽啊萧白羽，现在你最紧张的两个人，都离开了你，真想看看现在孤身一人的你，到底有多么绝望和狼狈不堪！"

转而，他的语气又变得轻快起来，对着白文泽说："哦，对了对了文泽哥，我都忘记告诉你了。想必你还不知道吧？你那可爱的小鸥妹妹，前段时间呀，不小心被人给绑架了！好像，现场还流血了呢？你猜，那些人会不会，把她漂亮的手指，给切下来呢?！"

他继续说："文泽哥，你猜，他们又是怎么找到小鸥住

处的呢？哈哈，怎么样，是不是好气？想打我？你不是很
能打吗？起来打呀？我不动，我就在这里，来，文泽哥，
你往这打，来！"他边说边拿起白文泽的手放到自己的脸
上，而没有一点反应的白文泽，手从他的脸上滑了下来。

"好了，时间差不多了，我就不和你叙旧了。文泽哥，
你在这里安心地一直睡下去吧，千万不要奢求醒过来，因
为，如果你醒了，躺在这里的，或许就是你那心爱的白羽
弟弟了！我，说过，我会抢走他的，一切！"

说完他戴上了口罩，从口袋里掏出一根针管，将不知
道是什么的液体打进了白文泽输的点滴里。

"咣"，门关上了，让人心惊的对话结束了。这时从窗
帘后面走出来了一个人，快速地把白文泽手上注射的点滴
拔了出来，慌张的脸吓得有些惨白："文……文泽哥……你
……你没……事吧……"

是邢天，原来他到了意大利之后，就住进了这家医院，
今天恰巧也来看望白文泽，没想到却目睹了刚才所发生的
一切。惊魂未定的他，背靠着白文泽的病床，坐在了地上，
然后望着窗外发呆。

一分钟、两分钟、二十分钟过去了，他终于开始说话
了："文泽哥，你知道吗？几天前，我被检查出……得了脑

癌，现在只剩下不到半……半年的时间了。"

他看着白文泽，眼睛里充满了红血丝："文……文泽哥，我其实……我其实还不想死……我还没有交女朋友……没有结……婚，没有小孩……很多事情我都还没……经历，我……真的不想死……"他越说，结巴得就越厉害，越说，眼泪就越往下流。

"从知……道得病到现在，我……以为自己已经接……受了这个事实，可真的面临死……死神的时候，我害……怕，文泽哥我……好害怕……"哭声充满了无助与绝望，像是一头已经被猎枪瞄准好的猎物。

他哭了五分钟后，擦了擦眼角的泪水："文泽哥，我想过了，我不怕了，我现在……一点都……不怕了。因为你告诉过我人这一辈子……一定要有理想，是你……当初让我看到了生活的美好。我之前一直找不到自己的理想，也没什么自己的理想，但是现在我终……终于找到了！我的理想就希望你可以继续完成你的理想……所以我决定，我要代替你去死。因为只要……白文泽一天没有从这个世界上消失，刚刚的那个人就不会善罢甘休，他有能力安排小鸥的……绑架，有能力安排你的车祸，未来他肯定还有能……力做出更可怕的事情。所以现在最……最好的办法就是让我替你去死，而你代替我继续活下去，继续完成你的理想。我知道要让白……白文泽在这个世界上消失对你来说可能是件……比死去还要痛苦的事情，可是只要活着就有希……望，只要活着就可以继续完成你的理想！

　　"文……泽哥，我相信你，我……等着你，实现理想，满载而归的那一天……"

（完）

附录：书中主要人物名字由来

1. 白文泽——古代神兽

白文泽取自中国古代传说中的神兽——白泽。

白泽最早被记载于葛洪的《抱朴子》中，能说人话，通万物之情，晓天下状貌。不过它平时很少出没，除非当时有圣人治理天下，才会奉书而至。它是一种可以令人逢凶化吉的神兽。另外以白为姓氏，也是对于故事主人公后来遭遇的惋惜和痛惜。一片赤子心，白白付诸东流。

2. 萧白羽——白色羽毛

如果说白文泽是"理想"这一词的化身，那么萧白羽就是一个"爱"的天使。萧白羽对程鸥、对白文泽、对乐队、对陌生人，甚至对伤害过他的黎诺海，都充满了爱与包容。他拿起贝斯，是为了替黎诺海实现理想，他坚持在舞台上唱歌，是为了替白文泽继续理想。他用他最真挚单纯的情感，一点点打动女主人公早已麻木的心，让她重新相信了爱情。没有人知道女主人公是不是他等了二十年的人，或许是，或许不是，也或许萧白羽做节目的目的，就是为了唤醒爱人内心深处的记忆。正所谓一约既定，万山无阻，二十年只为一人独守，诺言亘古不变。

3. 白世琨、叶鹏——鲲鹏展翅

北冥有鱼，其名为鲲，鲲之大，不知其几千里也。

化而为鸟，其名为鹏，鹏之背，不知其几千里也。

怒而飞，其翼若垂天之云。

鲲鹏，亦象征自由，上天入海，鲲鹏展翅。

遂乐队另两名成员各取一字，白世琨和叶鹏。

4. 程鸥——天地一沙鸥

相比几千里的鲲鹏，天空中还有很多很多不停飞翔，寻找栖息地的毫不起眼的小鸟。比如沙鸥。"飘飘何所似，天地一沙鸥。"这首诗虽表达的是作者孤独漂泊的感受，但在我看来，沙鸥却代表着自由，承载着你我这些平凡人对于自由，对于生活的追求。我们没有白文泽的天赋异禀，却依然有着对于理想的追求和对于生活的热爱。所以故事的女主人公，即为平凡的你我，我们都渴望翱翔在天地间，不惧风雨。

5. 程百洛——生性凶猛的小鸟

伯劳鸟是一种身型虽小，但嘴尖似鹰，趾有利钩，嗜好食肉，生性凶猛的鸟类。

程百洛是时代造就的一个典型的悲剧人物，浑身的负能量，明明身躯幼小，却因为害怕被别人伤害，反而选择用锋利的爪牙去伤害别人，强迫自己变得凶猛暴戾，先发制人。

6.　邢天——不屈的英雄

刑天与天帝争神，天帝断其首，葬之常羊之山。刑天被后人称颂为不屈的英雄。东晋时人陶渊明在《读山海经》诗中写道："刑天舞干戚，猛志固常在。"

在整个故事中，他是最渺小的一个无名之辈，甚至有着先天性的生理缺陷。但是所有不平凡的事情又都是由他来完成的。比如提醒萧白羽爱情要忠于自己，再比如替白文泽赴死。

后 记

　　白文泽、程鸥、萧白羽、叶鹏、白世琨、邢天、安琪……书中的这些人物，虽然性格各有不同，在社会中扮演的角色也不同，但他们都因理想而变得不再平凡。

　　每一个理想都值得被认真对待，因为它赋予了我们生活的意义。或许这个世界存在太多的诱惑，或许我们生活得不尽如人意，但请记得理想曾带给我们的快乐与满足。

　　白文泽的音乐是一种救赎，萧白羽的爱情也是一种救赎，救赎着在生活中迷失了方向的人们。虽然我们看到了太多不美好的故事，听说了许多带有瑕疵的爱情，但请相信在这个世界上，还有像他们一样的人，在坚守着理想的阵地，不被侵犯。

　　希望阅读完本书的你，可以脱掉时代束缚你的外衣，问问自己的内心，你理想的生活，究竟是什么样子的？

　　最后我想说一些关于网络暴力的话题。这是一件非常可怕的事情，也是一种最常发生在你我身边的事情。我有一位早年间一夜爆红的朋友，他本以为终于实现了心中理想，却不知伴随着鲜花和掌声的，是无穷尽的网络暴力。

他会把网络上黑他的留言一条一条全部看完，然后用自己的小号逐条澄清。虽然一些莫须有的罪名一看就假得可笑，可他容不得别人质疑自己的艺术理念。他最痛苦的时候险些患上抑郁症，因为在他看来，一定是自己做得不够好，或者是哪句话说错了，才会引起如此大的误会。可叹的是即使他真的出了意外，施暴者也并不因此而愧疚。就像小说中那些央求程百洛澄清报道的人一样，在施暴者看来，这些人的情绪根本不值一提，也没空关心。

小说的女主人公最初是网络暴力的施暴者，后来也成了网络暴力的受害者。一腔热血的网友虽然只是被有心人利用，却不知道自己随意说出的一句话，都可能成为压死骆驼的最后一根稻草，其罪过与施暴者并无异。

雪崩之时没有一片雪花是无辜的，每个人都有自己的生活，也有自己的不得已为之，有时看似无心的一句话，可能就彻底打乱了别人正常的生活节奏，造成不可挽回的后果。希望我们每个人，都可以对网络暴力说不。